文字森林
READING FOREST

文字森林
READING FOREST

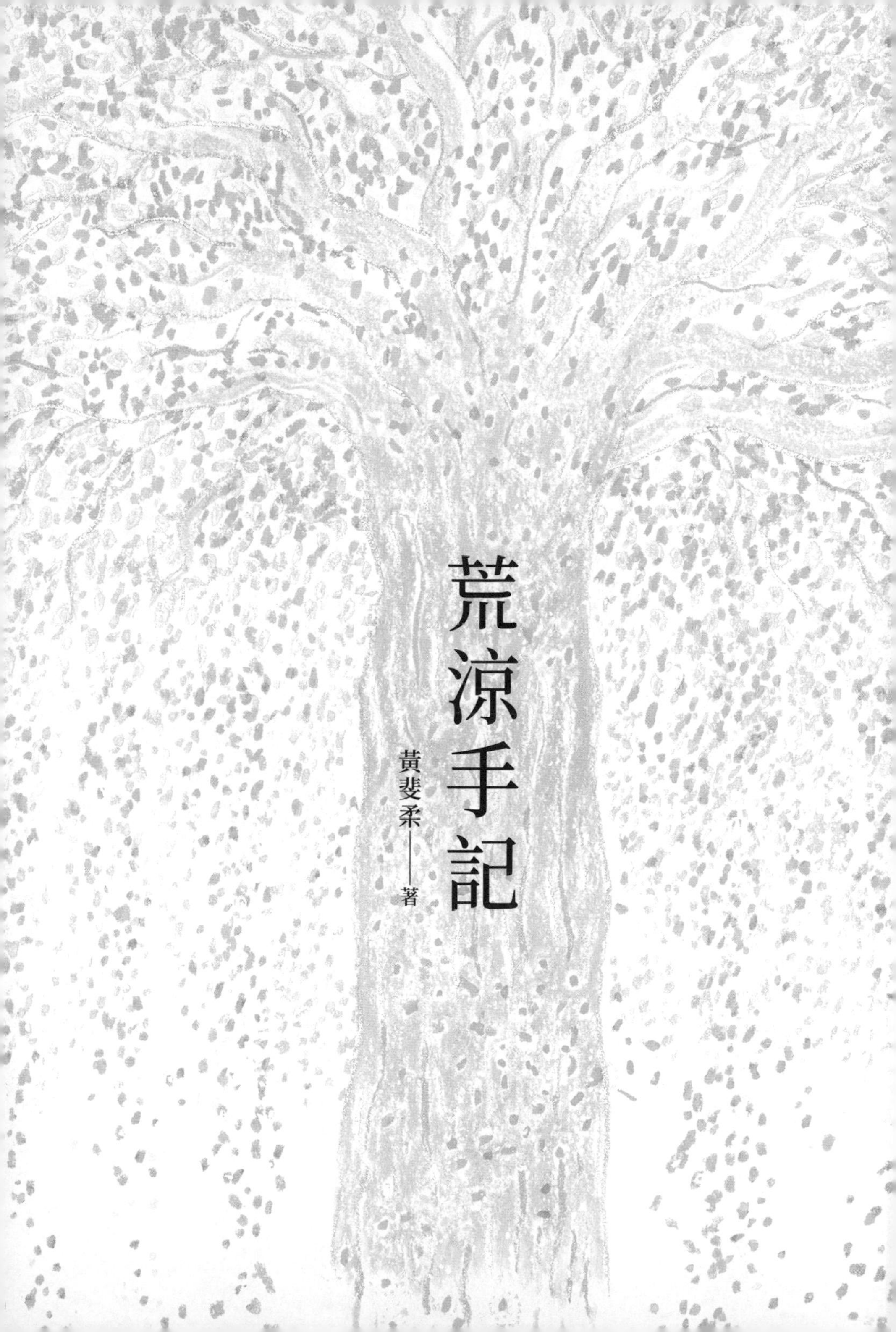

荒涼手記

黃斐柔——著

目錄

輯一

荒涼手記

輯二

我的靈魂是夕陽的顏色

輯三

來自島嶼的孩子

輯一

荒涼手記

這是我們兩個人第一次也是最後一次的旅行。
一路上，妳牽著我的手，
像我小時候那樣，我們一起走。

旅途之初

若你肉身的最後一段旅途
是我此趟旅程中的唯一風景
那麼，這便是我最荒涼的
旅途中手記

「不用住院，頭部、腳部沒問題，右手舊傷，只有腰椎第一節壓迫性骨折，是新或舊看不出來，已掛號禮拜四下午神經外科做檢查，打了止痛針，拿了止痛藥、軟便藥，要回線西了。」六月四號，爸爸在手機裡的訊息這樣說。

我與妹妹剛結束一場遙遠的飛行，從離家幾千里遠的小島離開，回到家鄉島嶼。六月五號晚上抵達，六月六號與妹妹一起回線西看奶奶。奶奶跌倒後狀況一直不好，姑姑們也都回來了。

那一日我見到的奶奶癱睡在床上，緊閉著雙眼的她，嘴巴卻依然念念有詞，但是語焉不詳。「阿母啊，食飯啊！」姑姑們一直叫奶奶起床吃飯，但是，誰都叫不醒她。奶奶的靈魂彷彿漂浮在另一個時空，我想，那個時空應該沒有任何空氣，隔絕了全世界的聲響，只有夢，無煩無惱的夢，所以奶奶不想醒來。

奶奶沒有意識、滴水不沾、全身僵硬，大家討論過後決定叫救護車送醫。我妹妹的眼淚如雨般落下，我知道那場雨會下好久、好久。

救護車鳴笛的聲響劃破了寂靜的鄉間夜晚，鄰居們都出來看發生什麼事，而我的奶奶從那一刻開始，便離開這個她生活了幾十年的家。她看起來很痛，但我的眼淚始終沒有流下。在遠方的時候，我總在想，她是不是已準備打包離開，只是我們在遠方絕口不提。太過悲傷的事為什麼要被交談？

我目送奶奶離去，那台白色的救護車再一次按響了笛聲，漸漸消失在夜色之中。而雨還在下，看著妹妹的模樣，我拚命忍住眼淚，但我悲傷得不能自已。

過去，我曾經試著凝視死亡的雙眸。

二〇一九年，我的媽媽送走了她的媽媽。在那之前，我曾數次陪伴媽媽去醫院看外婆。病床上，粉紅色的被單裹著外婆那瘦小的肉身，皮膚布滿繁星般的斑點，鬆垮地掛在骨頭上，臉龐有時光雕刻的皺紋，我知道那是老、是病、是死亡。妹妹與哥哥都不忍注視，但是我卻要自己看著，看著這條我們都會走上的道路，那終點的風景，究竟會是什麼模樣。

想起媽媽曾經說過，爺爺在七十幾歲時第一次中風住院，那一次他痛哭著說自己辛苦了一輩子，卻什麼都沒享受到，不甘心就這樣走了。後來，爺爺復原出院，從此不再耕種，開始到處進香、遊覽。

小時候，對於死亡，我能有的想像僅止於分離與悲傷。大伯的死，我唯一記得的，是半夜傳來的奶奶的哭泣聲，對於爺爺的離去，即使我曾經流了許多眼淚，但那一顆疼痛的心，卻也隨著時間的流逝而逐漸平復淡忘。

生活在大家庭中的我，從小的時候開始，便已見過許多死亡。然而，我卻從來不曾思索過，這一切之於我的生命，究竟有什麼意義。

救護車離去，留下如夜色般濃厚的沉默與寂靜。鄰居們四散而去，從那一刻開始，我深深地感覺到，我即將踏上一段前所未有的旅程。

一個人如果不認識死亡，要如何真正地活著？我們是否總在逃避深入思考關於死亡的課題？但若我們不願、也不曾思考死亡，該如何去定位人生的道路，以及自己終其一生，究竟在追求什麼？

我曾見過外婆的病危通知書。一張粉紅色的紙上，有大阿姨顫抖的簽名。已準備啟程的外婆，肉身受困，最後連肉身裡的靈魂，彷彿也一起迷了路，記憶模糊，失去空間與時間。一個人如果連記憶也消失了，那麼人生走到最後，究竟還剩下些什麼？為何生命最終的風景，竟是如此荒涼？

其實，我是明白的。

當我們孤身降生於世間，最終也注定孤身離去。但是，正是因為總有一天我們必須離去，所以我們的每一天才有了意義。也因為最終注定分離，所以我們才懂得珍惜，懂得愛。

每一天，我們都在經歷。經歷需要與被需要，經歷凝視與被凝視，經歷生離，經歷死別，經歷愛，經歷痛，經歷孤獨，經歷喜悅，經歷悲傷，經歷幸福。我們在生命旅途中，與不同的靈魂相遇，不斷創造、累積自己的記憶，同時，也活在其他靈魂的記憶之中。

即便，生命旅途中那些最痛、最隱晦、最孤獨的，只能一個人走，即便，這條道路最後的風景，只有孤獨與荒涼，只要還有人記得我們、還有人深愛著我們、還有人願意在無法彼此分擔的荒涼孤獨中牽起我們的手，那麼，這只存在一次的人生，就已圓滿。

妹妹眼睛裡的那場雨，還下個不停。而我已在心裡決定，不管奶奶最後是什麼模樣，我都會一直、一直凝視著她，直到最後。

若妳肉身的最後一段旅途，是我此趟旅程中的唯一風景。那麼，這便是我最荒涼的，旅途中手記。

對我來說，世界的山川曠野，都不比妳的眼與白髮美麗。我會寫，就讓我們最後並肩行走的身影與足跡，永遠留在文字裡。

最孤獨的六月

此刻，當生命繁華
已落盡成
千絲萬縷

你風中的影子
輕輕晃動
你緩慢的腳步
還想遠行

你的每一次墜落
我都想接著

我在想，你是不是
正準備離去
因為聽見了
最悠遠的歌聲

那是，來處的母親河正召喚
喚她美麗的孩子
回家

再一次
我想帶你回我的星星裡去

一起穿越
脈脈無盡的時光
再回到
最初始的
自由的模樣

在我的想像裡，宇宙萬物生命的起源，都來自一條河流。一條在無盡深邃的黑色混沌中，依然閃耀著粼粼波光的河流。那是起源之河，我們都來自那裡，最後，也都會回到那裡去。而它的歌聲，是母親的召喚，是一首全世界最動人的歌謠。

六月六號，目送妳搭上救護車消失在夜色裡後，手機便開始收到妳兒子回報情況的訊息。他說，妳都不睡覺，即使閉著雙眼，嘴巴卻依然念念有詞，這情況持續了好幾個小時，病房的其他人都向妳兒子抗議，但他無能為力。妳一直折騰到凌晨三四點才真正睡去。

從那天開始，妳的兒子與妳一起住進醫院，開始生活在妳床邊的那張小床上。會不會，其實妳有點開心？經過恍如隔世的漫長歲月，那個臉上也有了皺紋的妳的孩子，又再度睡在妳身邊。

隔天，妳重複著好似醒來、卻又馬上睡去的循環，到了晚上，嘴巴又開始念念有詞，彷彿只要到晚上，就會有人來到這裡與妳談話。然而，不管我們誰叫妳，妳都沒有反應。醫生說，因為妳的身體缺少鈉離子，才導致突然間的急速失智。

看著妳，我想，只有我知道真正的原因：妳的靈魂，正在旅行。

在妳住進醫院之前，其實妳前前後後已跌倒了許多次。前幾日，因為妳一直喊著腰痛，妳兒子要出門幫妳買護腰，他先扶妳去上廁所後才出門，出門前還特別交代妳要等到他回來才可以行動。而在這一去一回，共四十分鐘的時間內，誰都想不到，待他回來打開門，竟發現妳又摔在地上。

為什麼呢，妳那承載靈魂的、已無法行動自如的肉身，依然如此倔強。難道，在那之中的妳的靈魂，仍想要走到很遠、很遠的地方？

我在漆黑的夜晚中無法睡去，腦中不斷地想著，在妳獨自跌倒的那些時刻，妳的心都在想些什麼？是想著身體的疼痛嗎？還是覺得無助呢？會不會感到非常、非常地孤獨……？

如果可以，我多麼想把妳接住。在每一個妳墜落的瞬間。

如果可以，就好了。

後來的幾天，妳有時認得人，有時又變得不認得。每次去看妳之前，我都會問妹妹說：「不知道今天的愛治有沒有上線？」然後，與妳見面的第一眼，只要妳是認得我的，我就像中了大獎一樣快樂。

有時候妳會以為妳依然住在線西老家。妳對我說，現在那麼冷，要我去客廳拿一件棉被來蓋，還一邊叮嚀我，不可以脫掉外套，而妳也如往常一樣，怕我們太晚騎車回家會發生危險，要我們在這裡住一晚。在妳的時空中，我的六月，是冬天；我的醫院，是妳的家。

偶爾，妳也會不小心把我的名字忘記。但是謝謝妳，依然一直對我笑。

妳的病情還是難見起色，在醫院也只是做一些消極的治療，廁所上不出來就給軟便劑、尿道發炎就投抗生素。我想，妳也不是真的生了什麼大病，妳就只是老了。是妳那逐漸凋零的肉身，正準備走上這一世任務的最後一里路。

妳的兒子獨立擔負起照護妳的責任，這幾日，他在醫院裡寸步不離。棘手的大小便、半夜意識不清的自言自語、醫院的硬床、隨便解決的三餐，僅僅一週，卻已讓他身心俱疲。

我知道，每一個人，都有自己的人生，而每一個人的人生，都有自己的課題。即便是我們深愛的人，我們也無法為他完全奉獻自身生命。人還是必須保有自己的生活。

我們是那麼地心疼妳，但是，也沒有任何一個人，能真正地替妳分擔一絲一毫，妳肉身所承受的痛苦。

身心俱疲的兒子，早已出嫁的女兒，無力自行照護的導尿管。我們討論著妳接下來的日子，替妳選擇往後的人生，共同決定，將要以什麼方式，來延續妳的生命。全世界，就只有妳自己不知道，自己會失去什麼。

我們都很愛妳，但是，對不起，將妳帶去照護中心，似乎是對妳的身體來說，最好的決定。摸了摸妳柔軟的髮絲，握著妳始終溫熱的手，六月十三日，妳終於出院了。無法恭喜妳，也無法為妳開心。

這是我這一生，最孤獨的六月。

我也很想回家啊

過去，我與妹妹每一週都會回線西看妳一次，現在，時間點不變，只是換了一個地方。

妳住進老人照護中心，一間有窗戶的雙人房，室友的名字叫做滿足。從妳房間的窗戶看出去，除了看得見稻田以外，還有一棵木瓜樹。未來的日子，妳會一日日看著那棵樹，從綠葉，到開花。

在這裡，妳的神情不像之前在醫院時那麼辛苦，窗戶透進來的陽光，也讓房間顯得溫和明亮。而妳的室友滿足，是這個地方唯一能夠行動自如的奶奶，我想當妳看著她走來走去，也不會覺得這個地方太過於死氣沉沉吧。

妳失去了對時間與空間的精確感。妳的腦中，彷彿每一天都會重新載入一個新的時間與地點。而這也是我現在，唯一覺得慶幸的事。

每一次，當妳問我今天能不能回家時，我總是必須說謊。我總是對妳說，醫生說妳還沒看好，還不能回家。妳的眼睛比誰都純真，所以我知道妳非常失望，我知道妳感覺孤單。

雖然，我不希望妳總是遺忘，但是，每當我必須對妳說謊時，我卻又希望，在妳一覺醒來後，妳已全部遺忘。或許，那是妳對孤獨的保護機制。妳總會遺忘昨天有過的孤單與痛苦。

請妳原諒我，原諒我對妳說了太多的謊。原諒我總是那麼沒用，在每一次妳說要回家時，我都害怕地想逃開。

妳不能回家，那麼，我也不回家了。

沒有妳的地方，怎麼是家。

再問我一次

那是時光的河
蜿蜒匯集
在無垠的曠野之中

是誰
為我造一葉小舟
引我走上這條
最孤獨的路

看不見盡頭旅程
日復一日的
獨自企盼
伸手想觸摸那
閃亮的河水與
日落時的最後一道光

太過黑暗的夜
撿拾星星與螢火蟲
點亮
漆黑的天空

那張
月光鋪成的

柔軟的毯
我多麼想
每一次躺下
就做一個幸福的夢

夢裡
我的每一次停泊
都有你的迎接
就連那閃亮的河水
都是溫的、熱的

我想起了那一片海。

之前每週固定回線西老家時，閒來無事的我與妹妹，偶爾會騎車去海邊走走、吹吹海風、聞一聞專屬於家鄉的鹹鹹海味。線西家前面的那片稻田，最近應該已是金黃色的了。

遠方，夕陽染紅整片天空，風力發電的風車在晚霞中旋轉。夏天的夕陽，落下的角度特別美好，它會在這片稻海中央緩緩落下。

我總是趁著晚餐前的空檔出去散步。

我與妹妹回線西時會輪流下廚做飯，當我看見窗外的光線已轉為柔和的金黃色時，總會立刻丟下鍋鏟，迫不及待地跑出門外。

小時候，在外面玩耍到一半被奶奶叫回家吃飯時，都意思意思地隨便扒幾口飯進嘴巴後，就說自己吃飽了，滿心只想要趕快再出去繼續和孩子們玩。

而每一次追逐夕陽時的我，都好像變回那個小時候的自己。

這條是我永遠不變的散步路線，我踏著輕快的步伐沿著田邊小路行走，然後，我總會在前方不遠處的路邊反射鏡前停下腳步，抬頭看看鏡中的自己。

一個女生、素顏、睡衣、頭髮亂七八糟。雖然是個邋遢的女孩，但她看起來很快樂。看來，那麼多年過去了，這個被稻田養大的鄉下孩子似乎依然沒有什麼改變。

隨意走走，偶爾遠眺，感覺風，感覺日落。然後，在身心都覺得滿足以後，慢慢走路回家吃飯。

在那些難以計數的安靜午後，我所擁有的時間，都只用來看奶奶睡午覺、看稻田、看大海、看夕陽。那些時光是那麼純粹，如今回想起來，才發現那些時光裡的我，都是最自由自在的我。

已經多久沒有回去了呢？自從奶奶離開那間房子的那一刻開始，我就失去了家鄉。

家鄉，從來就不只是一個地名、一棟屋子。家鄉是你想見的人，家鄉是你所愛的人，家鄉，是等待你的人。

妳就是我的家鄉。

我想，那片海，還是很美的吧。而那夕陽，也依舊會從同樣的地方落下。其實，我只是，很想再聽見妳問我一次，再問我一次「下一次，什麼時候再回來?」，僅此而已啊。

擁抱離別

這一條漫漫長路
這一場遙遠旅途
我不再害怕看見盡頭是什麼風景
我只願
當我們走向最後之時
內心是充滿了
良善與愛
平靜與圓滿

我的奶奶於十月一號再次住進醫院裡。

手機裡，每天都會出現爸爸在家庭群組內回報奶奶狀況的訊息。當時在遠方的我，經常覺得我的靈魂並不在我的體內，而是漂浮在另一個非常遙遠的地方。

我知道妳的肉身正在受苦。那時的我身在冰島，一個離家九千六百多公里遠的島嶼。

因為昏睡而無法進食與服藥的奶奶現在非常衰弱。爸爸說，血壓、心跳都正常，此次住院並非緊急病情，所以若不權宜插鼻胃管，讓奶奶得以進食與服藥，可能會導致奶奶的身體狀況變得不可收拾而離開人世。

「認真說也是殘忍，等病情、身體穩定後，看能不能拿掉鼻胃管餵食，若不能，再來討論怎麼讓老人家舒適地離開吧！」我看著對話框內的文字，明白了一件事，我的奶奶身上，從此又會多一道管子。

爸爸還說，妳已完全認不得人。或許是因為身體的病變，讓原本失智的症狀變得更加明顯。

是否妳的靈魂已啟程？聽聞妳把一切都忘了之後，我就一直在想，時間是為了什麼而存在？生命的衰老與消逝，是這宇宙間最難以解釋的神祕過程，那感覺是不是就像做了一場很長、很長的夢？

車子持續行駛在一號公路上，我轉頭看向車窗外。

冰島的曠野朝向看不見盡頭的遠方延伸，那麼寒冷、那麼孤獨……然而，在曠野之上的，眼前這片無盡的綠、覆蓋一切的綠，在這座遠在地球另一端的孤絕島嶼上，依舊兀自生長。

一片永恆的綠，存在於漫長的時光中。

突然間，群鳥劃過天邊。

回想起我在冰島旅行的日子，馬匹、羊群、飛鳥，總是不斷出現在我眼前的畫面裡。而在那些畫面中我開始明白了，對這世界來說，從來就不存在所謂的

「孤絕」，一切都是人類加諸於文字符號上的意義。在這個星球中，不管是極地、沙漠、深海、死谷，或是在任何一個人類認為生命難以存續的艱困環境裡，始終都有某些生命，以令人驚嘆的方式生生世世繁衍、生存於其中。

一切生命，都會有一個歸屬之地，一個讓其適得其所的地方，不管那個地方，對人類來說是荒涼或豐美，生命，都會存在於其該存在的地方。

草原上的馬匹、大海中的鯨魚、天空中的飛鳥、沙漠中的甲蟲，生命萬物依循著宇宙的自然韻律生長、繁衍、死亡。牠們從哪裡來，最後也會往哪裡回去。這一切，都是一次生命的完成。

所以，我如何能自私地企盼妳永遠在我身邊？

當妳的生命任務接近完成，若妳已準備啟程，將要回到妳來時的那個地方，那麼，我應當為妳喝彩。

妳就像我生命中的一顆星星，當妳從天空墜落，所有人都為妳的消逝而感到痛苦之際，只有我不。只有我知道，星星墜落曠野，其實，並不是墜落。它只是回到了該回去的地方而已。

打開手機，重新閱讀關於妳的一字一句。

還記得我曾經答應過妳，直到最後，我都會好好看著妳。即便現在的我，離妳那麼遙遠，我還是看著妳。旅程中，我看著瀑布，我看著曠野，我看著冰川與河流，但我還是看著妳。

只因妳在我的每一道風景裡。

手機裡，家庭群組出現這麼一段對話：

「親愛的家人們，早安！這兩三天因為眼睛特別疲勞，想說暫時離開群組，不想再看到有關母親的任何訊息，否則自己會心肌梗塞，胸口悶得厲害，經過兩個女兒的開導之後，心情才平靜了許多。

本以為，可以豁達面對母親的病情，但頭腦還是控制不了自己的心。

昨天與歌唱班同學去唱歌後（一週前就約好），壞心情宣洩了不少，生平第一次唱歌唱到哽咽痛哭，原來，唱歌要帶感情就是這種感覺。

我們的群組太沉悶了，我知道大家心裡都不好過，但畢竟我的兄姐、嫂子們大家都有年紀了，還是要好好保重自己的身體。想爬山、跳舞、唱歌、旅遊，就儘管去吧，不要沉浸在悲傷裡了！

二哥，我們的母親，就請你多多擔待。閒暇之餘也要多散散心哦！」

「小妹，生老病死，乃人之常情，勿存太大的壓力與傷悲，還是要正常過自己的生活。現在我能做的，就是負責醫療事宜、每日握握阿母的手、撫摸她的臉龐。希望她能感受到子女們的愛。」

此趟旅程還未結束，冰島的風景美得不似人間。嘿，妳不曾去過的山川曠野，我替妳去了，我知道妳不喜歡遠行，但是，每一次站在風景之中，我依然忍不住會想，如果妳也在，那就好了。我是多麼、多麼想也讓妳看一眼。

其實，我從來就不害怕與妳分離。我只害怕，妳在生命旅途的最後，只剩下痛苦與恐懼。我甚至，偶爾還會偷偷希望，妳明天就在睡夢中悄悄離開，踏著輕輕緩緩的腳步。

如果，如果妳真的要走，道別的話語，就將它留在黎明的微光裡。
請放心，我們都會聽見。

再也不會失去
再也沒有捨下
人與人的離遇都是必然
陽光與陰雨都屬於你
生命是平衡且完整的
一切相抵便是一個圓
一個美麗的曼陀羅

為懂愛

我曾以為，神
之所以讓我成為
一隻候鳥
是要我懂得孤獨

神說
候鳥生命中的
一切緣起
必定伴隨著

無所遁逃的
緣滅

在無數次的
輪迴之中
我終於明白了
其深意

神，之所以
讓我成為
一隻候鳥
並非，為懂孤獨
而是
為懂愛

十月十四日，出發去日本的前一晚，我在房間收拾行李。音樂放得很大聲，心情亢奮地跟著節奏跳來跳去，一切準備就緒後，洗了澡，舒服地躺在床上看歌唱節目，還一邊跟著節目大聲唱歌。

節目結束後，拿起手機點開照片，看見今天去長照中心拍下的奶奶，眼淚突然莫名其妙地流了下來。在那個當下，自己被這突如其來的眼淚嚇了好大一跳。剛剛根本沒有想哭的情緒在醞釀，怎麼又哭了呢。從來就不知道，原來自己這麼能哭。

點開手機記事本，一邊打著斷斷續續的文字，一邊繼續流眼淚。

「沒想到我這麼會哭，妳的眼睛看著我卻又沒看著我，總呢喃著自己的語言，那裡可能是一個沒有我的世界。

又多了一根管子，妳看起來很不舒服，手顫抖著，不自由的肉身，還在繼續凋零。我牽了妳的手，妳的手始終是溫暖的。

離開中心前，我阿嬤、阿嬤叫了妳好多次，一邊哭鼻子，一邊說再見。練習說再見，我想我已經準備好要跟妳道別，我只要妳舒舒服服的就好，我想記得妳瞇著眼睛笑的臉。

走出長照中心還以為自己在拍電影，當下發現原來電影演的都是真的，牽著病人的手自己在旁邊流眼淚。

回家時一邊騎車一邊繼續哭……哦，現在又想哭了。」

腦中浮現傍晚時，我從奶奶床邊站起來準備離開的場景。

我在奶奶的床邊看著她，已流了許多眼淚。她的身體無法控制地一陣一陣顫抖，眼睛睜開看了看後又馬上閉上。她始終不言不語。

我覺得，我的奶奶應該一直都在夢中，不曾真正醒來。

昏暗的房間，門外傳來交談的聲響，忍住哽咽，想著明天又要出門兩個禮拜，萬一我還沒回來，奶奶就走了怎麼辦？所以，我要先跟她說再見。

「阿嬤。阿嬤。」我叫她，不管她有沒有聽見。

「阿嬤，再見。」對著睡覺的奶奶揮一揮手，然後用力笑一個。

五月天有一首歌，叫做〈知足〉。其中有一句歌詞是：「終於你身影消失在人海盡頭，才發現，笑著哭，最痛。」這一刻，二十九歲的我，人生中第一次真正聽懂了這句歌詞。

隔天，背著背包離開家門，前往機場。我不知道自己究竟被打開了什麼開關，我在公車上哭、走路時哭、高鐵上也哭。其實，我也不知道那算不算是哭，因為我的情緒並沒有太大的起伏，我就只是一直、一直想掉眼淚。

抵達機場之後，直到飛機起飛前這段時間內，我都必須很努力控制自己的心神，不讓自己太深刻地去想奶奶，否則，我知道眼淚又會立刻掉下來。這也是我第一次知道，原來，一個人真的能處於這種狀態，這種隨時都能掉眼淚的狀態。

飛機起飛，機艙內只聽得見飛機引擎的嗡嗡聲。突然間，我覺得自己非常、非常地孤獨。

為什麼，即便我們是那麼樣地深愛著一個人，卻永遠無法為他分擔一絲一毫的肉身之苦？為什麼，人生中，非得有那麼多的路，只能自己走？又為什麼，生命旅途走到最後，風景竟是一片荒涼與孤獨？

唉，我當然明白為什麼。我只是，很捨不得妳而已。

其實，人們總是比較擅長接受自己的痛苦與病痛，卻很難去接受自己所愛的人正在承受痛苦與病痛。

我是知道的。我們真正該學習的，並不是如何忍受痛苦，而是如何溫柔放下。

圓滿

我緊捱著
他為我升起的
生命的營火

那麼明亮
那麼溫暖
在那之中
我從不孤單

漆黑的夜
聽見你沉靜的呼吸
我只願那火
永遠都不熄滅

再來的每一次見妳，妳都叫出了我的名字。

當我不再害怕失去妳以後，我的心開始感覺到很多很多的愛。一種既輕柔又溫暖的愛。

妳知道嗎，在踏上旅途之前，我從來不知道，原來自己是可以這樣愛著一個人的。

我凝視著妳，與妳一起踏上旅程的最後一段路途。路途中，看盡生而為人，肉身最後的孤獨與荒涼。漫漫長路，我的心，經常感到怯弱與恐懼，但是，妳總會在那些時刻，用妳溫暖的手撐起我，讓我不再害怕。

這趟旅途走到現在，我的這一顆心，比起悲傷，更多的是愛。滿滿的愛。是妳讓我明白，生命最後的風景，即便是一片孤獨與荒涼，也依舊能圓滿。是的，只要我們心裡只有愛，就是圓滿。

當這宇宙，要讓你學習世間的一切道理之時
它便會將一切，託付給你以外的另一個靈魂

生命，是荒涼與豐美並存的美麗奇蹟
而這世界的一切意義，都來自人心中的愛

穿越時空的日記　二〇一七

二〇一七年七月四日

最近的午後雷陣雨怎麼總是遲了？夕陽都已西斜才開始要落雨，我站在門廊下，抬頭看著厚重的雨雲緩緩往西邊移動。

午後六時，盛夏七月初，遠方地平線明亮如一條金色的絲帶，白雲夾著粉橘色，風車轉動，微雨，夏雷陣陣。我撐起傘，跨步而出。

沿著經常散步的路線，步行至我非常熟悉的地方。那是兩大片田地間的小路，我總是在這個位置看夕陽、聽稻穗搖曳的聲響。

此時涼風陣陣，突然發現田邊小水溝的流水聲竟是如此清晰，索性直接席地坐於田邊。閉眼傾聽葉片摩擦、鳥鳴輕快、夏雷鼓動。再張開眼，雨重重地落在田裡、水裡、黃昏裡。而那落下的雨水被熱燙的柏油路蒸發，滿溢在空氣裡的，是專屬於夏天的，雨的氣味。

這一個微雨的黃昏，燕子低飛，優雅地剪了一片盛夏輕貼在我心中。此時此刻我感到非常安心，只因確知這宇宙仍舊依循著某種韻律流動。

時間如常流逝，我在傘下坐定如一座孤島，一把傘隔絕了自己與自己以外的世界，感覺身心與世界同在這一個當下。眼前飛燕劃過天邊，流水聲未停，雨仍下，靈魂彷彿漸漸變得透明。

那一刻我靜靜地想著，總有一天，或許我也會變成這樣一場雨。

承載意識的肉身，若意識離去，肉身所歸何處?若歸土，就會化成了泥，孕育草木，讓生命不息。但又聽聞人的肉身七成是由水分所組成，那麼當水蒸發以後，便逐漸凝結成雲，雲又化成雨落下，如此，我就是化成了一場雨吧?又或許，我會成為草木上的晨露、飄渺的山嵐、山峰上的白雪……

想及此，突然恍然大悟。啊，原來，世間萬物是如此循環不息、不逝、不滅。萬物不滅。

不管是變成了泥土、變成了雨絲、或是變成風，我都還在。我們都在，只是，以不同的形式存在。

生命之河

宇宙交付予我
在這荒涼旅途中的
最後一堂課
是去學習如何
不再擁有

它要我
廣闊如一條大河
經歷森林

曠野與山巒
經歷四季
黎明與星光

即便是
在漫長的時光中
於某些人類的文明時代
成為一條
人們口中的母親河
也曾見證
萬千生命的消長

然而大河
依舊無聲地

自顧自地流去
向遠方
向遠方，流去
依舊，不帶走什麼
依舊，什麼也不帶走

在宇宙的意念深處，在洪荒初始的漆黑之中，一條波光粼粼如星河般的河流，向無盡的虛空流去。不，或許它就是一條星河。人的生命是一顆閃亮如星的光點，當一切生命匯集在一起，就變成一條星河。

在漫長的時光中，有無數光點離去、無數光點回歸。一條巨大的生命脈絡以此循環不止，那是宇宙對於生命平衡最完美的詮釋。

離去的星子登上小舟，小舟穿過無數道路，最後抵達一個溫暖的巢。星子被前所未有的溫柔溫暖包覆，決定不再離去。那巢即是一個母親的子宮。

子宮孕育著即將承載星子的肉身，星子終於降生於人世。

來自宇宙意念深處的每一顆星子，都飽含著與來處相同的意念，而宇宙讓人的生命以肉身之形式，存在於既定的時間與空間之中，同時賦予每個意念其該完成的使命。所謂的天賦與夢想，其實就是這一切的展現。

而宇宙是一切的主宰。

降生於世的星子，懷抱著有限的肉身時間，傾盡一生都在探索自己所懷有的，究竟是什麼樣的意念，而在這意念之下又能夠成全什麼、創造什麼。這是一種對宇宙至高無上的信仰，在神祕的宇宙韻律之中，我們也渴望能夠窺得一絲天機。

以肉體形式存在的人世間，有一個實體存在的宇宙，這個宇宙中的一切，都是我們能以五感去接觸到的，不管是山、海、動物、植物、氣味……等等，都是宇宙。而在肉體之中的星子——我們的心靈，那裡當然也有一個宇宙。那裡有一個掌管一切真理、一切神祕、一切生命韻律、一切虛空的，一個沒有實體存在的，心靈的宇宙。

人世中，一個創造之人，若只能看見實體的宇宙，那他的創造便會顯得空泛。一個真正能將其心靈承載的意念，以各種手工藝之創造，而讓那個意念顯現出來的人，才會是一個真正的創造者。人必須要能向內探索至心靈所存在的宇宙，那個作品才可能撼動自己的心靈。

每一個星子都是一個旅者，向宇宙借了一個肉身後踏上一段追尋之旅，旅程僅為了探知自身所乘載的是什麼，自身又是為了什麼而存在。

這或許就是一切生命都在追尋的答案與真理。

而我在探尋答案的過程中卻發現了，宇宙總是將它想讓我們習得之事，託付給我們自身以外的另一個靈魂——另一顆星子。我們必定要在與另一個靈魂的碰撞之中，才能習得那些真正重要的道理。

那麼，這些文字就是妳帶給我的吧。

宇宙要我傾訴的文字，從來就不在那座潔淨崇高的殿堂裡，而是在靈魂與靈魂的交錯之中。是妳讓我將自己的心靈宇宙，得以透過文字來到這個世間。同時妳也讓我明白了，這些因妳而生，並且日日敲擊我心門的文字，或許就是我這一生必須一直追尋下去的東西。

過去，我認為自己該找尋的，其實都是錯誤的。我向外找，卻找不到自己真正渴望的東西。那些虛假的光芒，一下子就會變得黯淡無光，照不進我的內心。而當妳牽著我的手，帶領我走上那一條神祕的道路之後，我在妳的眼裡、手掌裡、髮絲裡，都能看見閃耀的詩句。

我相信，我們內在的星子——一個沒有起始也沒有終點的靈魂，最後的歸依，是在一道光裡。那道光是宇宙萬物最終的歸屬之地。我們都會在那道光裡，再經歷一次相遇。

一趟真正的回家之旅，走了一生。那道光，柔軟、閃耀，綿長如一條河流。一條生命的河流，將我們溫柔包覆。

明明，是要寫一封
與妳道別的信
卻總是，寫成一封
過甜的情書

一種美好的存在

你的靈魂已然啟程
但我知道你還在

你可能是風，或是夕陽

只因
每當我的心為此顫動
我便能感覺你的存在

如今的這個我
還未能承接生命中的一切輕與重

然而，只有一點
我深信不疑

「我們，會在另一方
再一次相見
以另一種，美好的存在」

曠野中，一條大河向遠方流去。
走吧，讓我們在黎明來臨之際，於河中沐浴。讓我們在生命旅途的最後一段路，洗淨過去，也放逐未來。讓我們，在最後的最後，把身無一物的自己，留在那個，最遼闊的曠野中。

我們在河水中披展的純白色長袍，被日出的光芒染上了顏色。而群鳥劃過天邊，在清晨的鐘聲響起之際。那一刻，我們的雙腳輕輕一蹬，就向上飛起。

從此，我們不再是你，不再是他，不再是自己。從此，再沒有行囊，更沒有遠方。

就讓我們，化成風，化成雨，化成最燦爛的詩歌與流星。沒有方向，沒有他人，只有飛翔。

就讓我們，從這啟程。

再一次日落

時光的長河向遠方流去
生命中無數道風景不斷經過了我

明知道那一切已不可能再回到像從前一般
我卻還是忍不住不斷為你許下同一個願望

想再見你一面
一次，再一次
再一次。

八月底，盛夏的氣息依舊濃厚，傍晚去長照中心探望完奶奶後，我與妹妹打算騎機車回線西走走、看看線西的夕陽。黏膩溫熱的海風吹撫著我，騎行在與從前相同的回鄉的路，但是，我心裡清楚知道，這條路的盡頭，已不可能再是我的故鄉。

道路盡頭的天空掛著一顆紅火球般的夕陽，這代表著，再過一小段時間它即將落到海平面之下，它的光芒是那麼地璀璨，照亮這條通往線西的筆直道路。

「日落大道。」我對妹妹這樣說。

我們決定往漁港的方向去，催著油門騎過被稻田圍繞的小路、騎過上幼稚園時，總是很害怕經過的墓仔埔、騎過那間奶奶固定會去拜拜的，田邊的小小土地公廟、騎過爺爺曾經耕種稻米也種植各種蔬菜的田地後，終於抵達大圳盡頭的小漁港。

一陣濃濃的漁港味撲鼻而來，有兩、三個人坐在堤岸邊釣魚，而遠處幾隻野狗突然對著我們凶猛嚎叫，接著竟開始往我們的方向奔跑過來，我與妹妹嚇了一跳，沒有多做停留，騎車繞了一圈後便離開。此時，海上的夕陽已完全沒入海平線。

我們就著晚霞的微光繼續在線西晃蕩，經過了公園、經過了國小同學家、經過了我經常在那裡看夕陽的小路、經過了和童年玩伴一起玩樂的水塘，最後經過了奶奶的家，然後再一次沿著日落大道，離開這個我成長的海邊村莊。

過去，每當夕陽落下，天色逐漸轉為深藍，暮光渲染著整條綿長的海平線之時，就是奶奶開始趕我們回家的時候。當我們推開門準備要回家時，奶奶就會跟著我們走出門外，她會站在鐵捲門口，看著我們跨上機車，然後對我們揮揮手，目送我們離去的背影。

「阿嬤再見！後禮拜一閣轉來看妳哦！」催著油門往馬路騎去，那一刻腦中必定會浮現奶奶獨自轉身進門的畫面。這些年來，即使已經歷了無數次像這樣的道別，卻始終不能習慣。
身披暮光離去的孩子，每當想起自己奶奶轉身進屋的背影，總是會感覺一陣鼻酸。

此時騎在日落大道上的我，回想著剛剛經過的每一個轉彎、每一條小路，彷彿都能看見過去的自己與玩伴們奔跑嬉戲的身影。今天我眼中所見的故鄉風景依舊，這條筆直的日落大道不變、兩邊的稻田不變、吹著我的海風不變、已落下的夕陽不變，就連那棟我曾經居住的屋子也不變，但是，現在的我們在這裡卻變得漫無目的。

究竟是什麼變了呢？其實，我是知道的。這一切僅只是因為，再也沒有一棟屋子，是我們一定要回去的了。

那一棟推開門就能看見奶奶坐在客廳沙發上的屋子、那一張從我有記憶以來就擺滿奶奶手路菜的圓形餐桌、那一個能聽見奶奶呼喚著不知道野到哪裡去的孫子們回家吃飯的日落。這一切，才是我心目中真正的故鄉。

從奶奶離開那棟屋子以後，我真正的故鄉，就只存在於記憶之中。然而，即使對我來說，所謂的故鄉已是永遠無法真正離開、也無從再一次抵達的地方，我卻仍然無法與它真正告別。

每當我相隔一段時間不曾回去，我的靈魂便會感覺到，那個家鄉的夕陽正在呼喚我。

一個人與家鄉土地的連結，大概是深植在靈魂之中的吧。那是一種連我們自身也難以完全明白的神祕連結。身處這一切之中，我也僅能明白一件事，我只是不斷渴望著再一次見到家鄉的日落而已。

當我感覺召喚，當我回應召喚，我的靈魂彷彿便能觸及到一絲絲妳依然歸屬於此地的存在。為什麼呢？或許，那是因為，每當我看見日落的時候，我總是特別思念妳吧。

日落時分，去到養育我的土地之上，沐浴在那夕陽璀璨的光芒裡，我將在最純粹的思念之中，再一次抵達那個地方。再一次抵達那個有妳在的故鄉。

就讓我用一輩子的時間來回應，回應那不斷呼喚著我的，每一個，再一次的日落。

告別，總有一天要告別的
無處不是風景的，此生
孤身踏上於他方再見的
另一段旅程
「再見，總有一天。」

即使如此，即使
能再一次相見，也還是
很想要對你說：

與你相識相聚相依相離的
這個荒涼與豐美並存的
此生
最好
最好。

輯二

我的靈魂是夕陽的顏色

沒有人能從自己成長的土地上被連根拔起，
只因人與土地的連結是深植於靈魂之中的。
即使現實中的故鄉已是滄海桑田，
但是心裡的故鄉卻始終不曾改變。

靈魂的根基

我想，一個人靈魂的根基，是永遠不會被遺忘的。

騎車去書店的路上，會經過一條兩邊都是稻田的路，我總是習慣以稻田的模樣來感覺季節。

而季節總是在我不經意間悄悄轉換。

去年冬天撒下的波斯菊種子已盛開，為黯淡的冬天畫布留下一抹燦爛的色彩，我想著這片花海最終將化為今年耕種的綠肥，滋養整片土地。然而，冬季休耕的稻田，總會在某一日突然插上新的秧苗，那細小的秧苗彷彿大聲地對我宣示著一整年耕種的開始。

接著在某一個如常的日子，你才又突然發現，那片原本還能映照出天空的水田，居然已被茂密的新綠所覆蓋，翠綠的稻葉隨風搖曳，一日一日努力成長，你知道終有一日它會結出點點稻穗。而初結穗的稻子彷彿擔負著喚醒太陽的任務一般，從那以後，陽光總是越來越炙熱。

最後，你訝異著時間的流逝居然如此之快，稻穗已渾圓飽滿，整片廣闊的稻田在陽光下閃著金黃色的光芒。實在不敢相信，你最喜歡的盛夏，已然降臨。

在都市生活的時候，對於季節的感受，大概只剩下氣溫的變化；而回到家鄉後的我，對於季節的感受已不只有氣溫，而是人類如何依循著自然韻律生活。季節所代表的，是人類與自然韻律間的緊密連結。

小時候，我們三個孫子總喜歡跟著爺爺去田裡。每一次看見爺爺跨上他的老金旺機車時，我們都會迅速跑到金旺旁，跳上金旺後座，跟著爺爺去巡田水。「愛哭愛綴路。」鄰居都會這樣笑我們。

那個年代的鄉下沒有戴安全帽這件事，金旺出發後，純真而自由的我們，笑聲與髮絲一起隨風飄揚。在爺爺老金旺換檔的喀喀聲中，很快就抵達了專屬於我們的樂園。

下車後，爺爺在田間走來走去，我們則跑去田邊的水溝裡玩水。小時候田邊的小水溝都非常清澈，水裡還有很多圓圓黑黑的蝌蚪，雙掌相連，隨便就能撈起好多隻。當然，在田間的時光，除了玩樂以外，也經常需要幫忙農活。稻子生長時幫忙拔雜草，收割後幫忙晒稻，休耕期間割下田邊的蘆葦焚燒……等等。

童年那些說長不長、說短不短的時光，我們在田裡勞動，也在田裡成長，就這樣，一日日、一年年地過去，那些與爺爺一起照顧稻米的日子，讓我對季節最初的記憶，即是稻田的各種模樣。回想起來，小時候的我，皮膚與呼吸，都是陽光、泥土與稻米的氣息。

我想，即是因為擁有這樣的童年，所以稻米與季節的關係，才會如此深深地刻畫在我的靈魂之中吧。

「啊，又到了收成的季節了。」上班的路上，原本正騎車放空的我，突然看見旁邊田裡的割稻機正忙碌運作。

國小畢業以後，我離開線西搬到彰化市區，在市區讀完國中、高中後，再到高雄讀大學，最後在大學畢業兩年以後，我才回到家鄉開店。

開店以後，我得到了每週一天回線西看奶奶的時間，而只要在線西，每到日落時分，我都會出去散步。家鄉的風景與小時候相比，確實改變了一點，那裡多了一間工廠，這裡多了一道圍牆，但是，整片金黃色的稻田依舊。

回來家鄉的第一年，我才真正意識到，我是真的離開稻田很長一段時間。

曾經於散步途中，低頭看見剛插完秧的水田，倒映出自己的臉，看著那張臉，內心百感交集。我清楚明白，時光流逝不曾復返，奶奶的頭髮白了，爺爺的那台老金旺不在了，曾經餵養我的稻田都休耕了，而那個金旺後座上的女孩，臉上也已多了太多風霜。

然而，即便那麼多的人事物都已滄海桑田，每一次看見稻田，那股從內心深處湧出的鄉愁與懷念，卻始終不曾改變。即使我曾離開它那麼久，現在的我一見到它，彷彿依舊能看見那個皮膚晒得過黑的女孩，與她爺爺一起，在田間快樂生活的模樣。

靠邊停下機車，一大群白鷺鷥正跟著割稻機飽餐一頓。拿起手機拍了許多照片，而那個站在田邊的農夫，他那戴著帽子、黝黑的身影，竟那麼像爺爺。

春耕、夏耘、秋收、冬藏，宇宙的自然韻律，讓流轉的時光在我的靈魂之中，留下太過深刻的印記。此時溫熱的風撫過，我聞到了陽光、泥土與稻米的氣息。

一個人靈魂的根基是永遠不會被遺忘的。每一個金黃色的夏天，都是那麼樣地讓人喜歡。

十五歲的信

是否，你也藏了一個夢想，在十五歲？

有一天，我在整理過去的信件時，找到了一封十五年前的信。那是我國中國文老師寫給我的回信。信封是學校用的公文封，信紙是綠色隔線的稿紙，上面都已沾染了時光的顏色。我將信件拿出來，捧在手中重讀一遍又一遍。

天花板上，老舊的風扇旋轉著，發出很大的噪音。老師正對著黑板寫字，教室內，每一張凹凸不平的桌面前，都坐著一個想快點長大的孩子。其中，有個頭髮凌亂的女孩，桌面上除了課本以外，還會有一本攤開著的筆記本。筆記本是在連鎖書局買的，一本十塊錢，已累積了許多本。她總是在課堂上偷偷寫小說。

那就是我的十五歲。

而那些筆記本，每一本，都歪歪斜斜地躺著同一個夢。

讀信的時候，我想起那個孩子，那個曾經被我遺忘的孩子，也想起了孩子的夢想，那個被記憶一層一層藏起來的夢想。為什麼，我會忘記呢？明明是一件那麼重要的事情。就連現在，我也已經無法確切憶起，自己究竟是在什麼時候開始遺忘夢想這件事情。

長大的路途，總是吹著狂風。我們手上，都曾用力捏著一張單程車票，迫不及待地跳上那一班開往未來的火車。列車出發，在狂舞的風中，我們義無反顧。

然而，是不是因為這是一趟太過遙遠且漫長的旅程，而旅程中，有太過複雜的車窗風景、太多來來去去的過客，所以，總讓我們迷失？那一個曾經那麼年輕的孩子，有時候，一覺醒來，竟還會突然忘記，現在的自己，正要前往何方。

偶爾會有這樣的日子，列車持續前進，夜晚時，我們抬頭發呆。

抬頭看見行李架上，那個已覆上些許灰塵的行囊，那一瞬間，才突然感覺有點疑惑。究竟，自己有多久，未曾打開那個行囊？在腦海中拉開記憶的抽屜，試圖索引某些關鍵的字句……那一刻我們才發現，居然已經忘記，當初那個興奮的自己，曾經打包了些什麼東西進去。

是否，所謂的長大就是，當別人問起你的夢想是什麼的時候，你竟突然語塞，感覺難以啟齒？

小時候，當我們談論夢想，所有的答案都是那麼樣地理所當然。不管是畫家、考古學家、太空人、老師、醫生、作家，我們都能挺著胸膛，大聲地說出口。當時的我們，還擁有大把的時間可以去實踐、去揮霍、去做夢，同時，我們也深信著，不管是什麼樣的夢想，只要我們肯努力，就一定會實現。

然而，我想，任何一個孩子都想像不到，在未來的某一天，當有一個人，問起你的夢想是什麼的時候，自己竟然會以無語來回答。

是我們變了嗎？這趟長大的旅程，讓我們變了嗎？曾經重要的事情，也變得不再重要了嗎？那個孩子，不在了嗎？那個想當作家的孩子，現在，在哪裡呢？

而這一趟，那麼遙遠且漫長的旅程，何處，才是我們的終點？

二〇一五年，旅行第三個月。威尼斯深夜，單人房內，那個來自亞熱帶島嶼的孩子失眠了。

窗外偶爾會傳來零碎的喧鬧聲，那是生活於此地的酒酣後的人們，正在回家的路上。來自遙遠島嶼的孩子聽著那些聲音，突然感到非常寂寞。她想著，她所珍惜的人都在遠方，現在，在這顆星球上，或許沒有任何一個人，能確切地說出，此時此刻的她正位於何方。

突然間，她的心激動起來。只因，她想到了，若她在這一瞬間突然死去，那麼，她的生命是不是什麼都沒有留下？她的旅途、她的靈魂、她的愛，一切都將隨時間流逝而化為虛無。

那一刻，她感覺自己必須寫。她感覺自己必須把一切都寫下來，這樣，她的生命才有意義。

我想，對那個在異鄉的亞熱帶島嶼孩子來說，那一刻，就是列車的終點。

她終於下了車。

一個全新的世界開展在她眼前。在她決定將生命中的珍貴都寫下來以後，她突然覺得，眼中所見的、心中所感的、人生所遇的，一切，都有了不同的意義。

轉頭目送火車離去，列車上還載運著無數迷惘的靈魂，她以凝視的雙眼，送上無聲的祝福。再見，總有一天。願他朝，能於他處再聚。

火車漸漸消失在視線遠方，她知道，她的旅程尚未結束。只是，從這一刻開始，她將會以自己的節奏往前，往未來去。

親愛的斐柔：

看到你的祝福我很感動，謝謝你。

你絕對有成為作家的本錢。作家該有顆善感的心、敏銳的觀察、銳利的筆。而這些除了天生，還需要下很多的苦工、做許多的功課。如：大量的閱讀、隨時做札記、蒐集資料，及更多的文字磨練。有心就要持之以恆才見功力！

國三了，升學考試……我想到那個要留級站在彰中校門口的吳晟，也想到他父親的淚水……你想讀什麼學校？該有個目標，讀爛學校未來三年會比較痛苦。心思還是要放多些在課業上才好。同時我也期待看到你的作品，也不禁會想你想成為哪一類型的作家呢？

老師　二〇〇五年九月二九日

「曾經發生的事不會忘記，只是想不起來而已。」《神隱少女》裡，錢婆婆這樣對千尋說。

月台上，女孩低下頭，拍了拍行囊上累積的塵土。

打開行囊，十五歲的夢想重新出現在眼前。

「你好啊。」她笑著，這樣對它說。

告別十七歲的夏天的海

我已告別的那一個十七歲夏天的海，它不曾再出現於我的生命之中。

人的一生總會有一些那樣的時刻，我們不會意識到那是一個怎樣的當下，直到時光流轉到非常遙遠的彼方，回望後才真正明白了，那一個當下對自身生命究竟存在著什麼樣的意義。

一次日落的橘紅渲染我的一切。從那一日開始，我的靈魂就被染成了夕陽的顏色，而我的雙眼從此都在追逐同一個日落。

夏天的海風溫暖黏膩，我們兩台腳踏車、四個人，用力踏著腳踏車踏板，往海的方向前進。那一片寬廣的海埔新生地是工業區，當初遼闊荒涼的景色如今已是工廠林立，那是十七歲的我們不曾預想過的未來風景。

當時，寬闊的馬路上一輛車都沒有，兩邊是雜草荒地，而荒地上站立著發電用的巨大風車。風車轉動著，靠近看時才發現它們是那麼樣地巨大，一邊踩著腳踏車，一邊抬頭看風扇映襯著藍天，汗水已浸溼衣衫，我們在其中一座風車前停下，一行人跳下腳踏車後便直接在馬路上嬉鬧了起來。

我們都知道，大海就在前方不遠處，但是，我們並不急著去見它。因為當時的我們是那麼驕傲、那麼自由，我們的青春如風，我們還有大把的時間，可以任性揮霍。

你一言我一語，當時一起說的那些言不及義的話我已忘記，如今依舊留存在記憶中的，僅剩下彼此的笑容。我們用折疊手機拍了一張又一張的照片，一直拍到心滿意足後才又跳上腳踏車繼續前進。

流著汗水、蹬著踏板轉往海岸邊的小路，顛簸的路我們不以為意，海平線上方的夕陽又大又閃亮，那圓滿的金黃彷彿伸手就能觸及。而奮力踏著踏板的我不斷被夕陽吸引目光，那耀眼的光芒讓我忍不住伸出了手，我彷彿看見夕陽的光穿過我的指縫，在一瞬之間抵達了我的靈魂深處。那道光至今不曾離去。

黑色的沙灘、養蚵的棚架、成堆的棄置蚵殼交織成我家鄉的海邊風景。一直沿著海邊小路騎行的我們，找到一個可以走進沙灘的斜坡。一行人跳下腳踏車，踢開拖鞋，直接往海飛奔而去。

我想，我是真的無法對你清楚傾訴，那一日的夕陽究竟有多麼美麗。

海浪拍打著沙灘，海平線上的夕陽無比閃耀，讓人無法直視，就連海水捲起的浪花也是金黃色的。我們嘻笑打鬧、互相追逐，也像所有青春漫畫中的主角一樣，就地撿拾漂流樹枝，彎著腰於沙灘上留下字句與圖畫。畫膩了就玩水，玩膩了就站在水中任海浪在腳邊來去。

時間點滴流逝，夕陽的角度隨之變化，越是西斜它就越成球狀。當它越來越接近海平線時，光芒從遍地金黃逐漸收斂成一條照亮海面的筆直道路，彷彿只要沿著那條由光芒鋪成的道路行走，就能一路走到夕陽那裡去。

看著那樣的海，原本吵吵鬧鬧的我們竟也變得沉默。宇宙的溫柔，無聲地安撫著我們青春躁動的靈魂，當時的我們可以感受到一絲與平常不同的世界氛圍，但是，那麼年輕的我們，終究還是難以理解那些隱藏在風景之中的，來自宇宙的訊息。

一個十七歲的少女怎麼會知道，宇宙在那一天，竟已埋藏了那麼多的文字，在眼前的大海與光芒之中。

「再見！再見！」「再見！十七歲！」

我們輪流對著遠方的天空吶喊，我們大聲告別，我們要勇敢長大。大海被月亮的引力牽引，因此有了潮汐，而潮汐是海洋的歌謠，在漫長的時光中，始終不曾停歇。

「再見。」這是我十七歲的，最後一次告別。

我們在大海悠遠的吟唱中離去，轉身離開這一個當下，轉身離開這一片海，轉身離開這一個夕陽、這一個夏天。從此，不再回來。

你知道嗎，我的海啊，從十七歲到現在，從西邊到東邊，從亞熱帶島嶼到北緯六十六度的島嶼，其實都是同一片海。只因不管我去到哪裡，在我眼底，我只看見那一天，也只能看見那一天。

原來，我這一生至今，始終都在追逐與那天相同的、我們一起走向十八歲的、一起告別青春的，那一片夏天的海。

我想，我現在所寫下的這些，就是那一日，宇宙遺留在風景之中的文字吧。妳們都還記得那天嗎？還記得那一個我們曾經一起存在的黃昏嗎？現在的我們，是不是都有點長大了呢？

如果可以，真想再回去一次啊。

真想再一次沿著那條從遍地金黃收斂成光束的筆直道路，與妳們一起回到最閃亮的夕陽那裡去。一起走回十七歲的那一天去。

我想，我已經把最好的青春都留在那一個我們一起告別的，十七歲夏天的海了。

轉來

星星墜落曠野
其實，並不是墜落
世界萬物從來不曾離你而去
他們只是回到了
該回去的地方

自從我與妹妹各自開了一家店以後，每個禮拜一或禮拜二，我們都會一起回線西的老家看看愛治。

「阿嬤，阮轉來囉！」

那是一個安靜如常的午後，拉開白色鐵製大門，沒開燈的客廳，春天的陽光柔和地穿過窗戶，灑落在磨石子地板上。轉頭發現愛治是坐在沙發上而不是躺著，這代表愛治已睡過午覺。

「這陣才轉來哦！」愛治看見我們的第一句話，總是笑著這樣說。

「嘿啊！」我與妹妹馬上一人占據一張沙發，橫躺著與愛治有一句沒一句地閒聊。

一小段時間後，突然聽見敲門的聲音，一個白髮蒼蒼的阿嬤拉開門，拄著拐杖慢慢走了進來。

「愛仔（Aiya）。」拄著拐杖的阿嬤叫了愛治的小名，我與妹妹站起來向拐杖阿嬤問好，待愛治介紹完我們後，便坐下來一邊吃零食一邊聽她們聊天。

我聽著她們之間的一言一語，總忍不住偷笑。

她們之間對話的節奏非常可愛，愛治已有點重聽，經常一句話要「蛤」個兩次左右才聽得清楚，然後好不容易聽清楚了，在回答問題的同時，還要忙著招呼拐杖阿嬤要不要喝這個飲料、要不要吃那個餅乾，而拐杖阿嬤則是繼續一邊問愛治問題，一邊重複說自己有糖尿病不能吃甜的。

從她們的談話內容中得知，原來，拐杖阿嬤是愛治小時候的鄰居。雖然後來她們都嫁到了現在這個村子，卻已有好幾年不曾見過面。

聊著聊著，拐杖阿嬤突然問起愛治的兄弟姐妹，愛治說：「逐家攏轉去阿，這馬干焦賭我爾爾。（大家都回去了，現在剩下我而已。）」

愛治她總是用「轉去」來代替死去。然而，每一次聽見愛治這樣說，我都會有點感動。

「轉去」，就好似她只是普通地談論起一個人去了另外一個地方，回去他原本的所在地而已。「轉去」這兩個字，比起死去，多了那麼多的豁達與溫柔。

我突然想起，愛治也常常說自己隨時都可能會「轉去」。每一次聽愛治這樣說的我，總感覺她只是要展開一場有點遙遠的回家之旅而已。「轉去」的愛治，她只是回去了，總有一天，她還會再回來的。我依舊會在這個家等到她，和她再一次相見，而她依舊會笑著對我說：「這陣才轉來哦！」

「當時？（什麼時候？）」拐杖阿嬤接著問。

「尚細漢欸小弟嘛死啊，應該係舊年，我嘛袂記得啊。（最小的弟弟也死了，應該是去年，我也忘記了。）」

看著愛治的臉，她的表情與語氣沒什麼變化，而拐杖阿嬤也只是輕輕地點了點頭。她們平靜如常，花白的髮絲與小小的眼，在午後的陽光照耀下，正閃著隱隱的光芒。

回想從一開始到現在她們之間的談話，那一切聽起來，就像是我們與朋友聊天時，剛好提及誰去國外留學、誰去國外工作一樣，對方點點頭，淡淡地回一句：「是哦。」

那一刻，我深刻地感覺到，原來人的一生走到某一個階段時，「死亡」這件事情，對於一個人的意義，竟會變得如此平常與自然。

抬頭看見那個永遠快十分鐘的鐘，即使是這個從小到大樣貌都沒改變過的客廳，時間也真實地在流逝中。

沙發上的奶奶腳步蹣跚了、柔軟的髮絲花白了，而我與妹妹，也早已告別那些一進家門就先開冰箱、每天跟奶奶要十塊錢，去巷口柑仔店買零食的日子了。

今天是固定回線西看奶奶的週二，這是一個一如往常，平凡又安靜的午後。我們的時間總是這樣一週又一週地過去，一直以來，每當我回到這個客廳，我都可以察覺到奶奶的衰老。但是，為什麼，我卻從來不曾真正地感覺到，自己已經長大？

或許，讓我們長大的並不是年歲，而是生命際遇中的萬千變化。

拐杖阿嬤準備回家了，她撐著拐杖緩緩起身，那無法挺直的腰背，彷彿背負著一生所有時光的重量。

「常常來行行欸蛤。」愛治這樣說。

我目送拐杖阿嬤離去，想著，或許她們彼此都知道，活到這個年紀，與所有人的每一次相見，都可能是最後一次。

五十戶

有一棵樹，種在村子
家鄉的海風吹撫
地平線上的風車與夕陽相伴
後面的稻是浪，也是海

有一棵樹，種在巷口
落下的芭樂，從來不甜
我的童年，在樹蔭下揮霍
我的玩伴，忘記告別

有一棵樹，種在門前
搖曳的綠葉與白色的頭髮
大家的爺爺奶奶
午睡後的日常
是閒話，是茶香

有一棵樹，種在心裡
樹下，大家都在
陽光燦爛
誰都不曾離開

流逝不停的時光，讓「五十戶」從整日被毛孩子群吵得天翻地覆的光景轉為寧靜，老人家午睡時，世界僅剩陽光移動的聲音。

生命萬物在時間中流轉不斷，即使是這樣一個幾乎無發展的鄉下海邊小村，也依舊能感受到滄海桑田。而其中最讓我感傷的，就是那棵種在我老家對面，孩子們曾經在那裡爬上爬下的芭樂樹。

那棵芭樂樹，在我無法確切憶起的某一年被砍掉了，現在只留下一個孤伶伶的樹樁。

「五十戶」是我線西老家這一小區的稱呼，因為社區當初興建時總共蓋了五十棟，所以大家都稱這一區為「五十戶」。

在我還小的時候，五十戶的爺爺奶奶們午睡完，都會一起坐在芭樂樹下的椅子上泡茶、聊天。那是幾十年來爺爺奶奶們之間的默契。

而五十戶在孩子們放學後，便會開始吵鬧起來。一大群孩子聚在一起踢球、跑步、跳格子，一起玩木頭人、紅綠燈、鬼抓人。就連吃飯也都要比賽看誰先吃完，甚至洗完澡後，還要繼續玩躲貓貓，一直玩到晚上八、九點，奶奶叫我們為止，才甘願乖乖回家睡覺。

那是五十戶最熱鬧的時期。

隨著孩子們漸漸長大，那些由爺爺奶奶帶大的孩子，一個個都跟著父母親搬離鄉下老家。留下來的孩子失去玩伴，也開始有了自己的學校生活。五十戶漸漸不再擁有吵鬧的下午，開始變得有點「成熟」。

那些離開的孩子與留下來的孩子，彼此間也失去了交集，大家在生命中僅存的聯繫，大概就只剩下老家那一日一日老去的爺爺奶奶們吧。

我有時候會想像，若我再次遇見我的童年玩伴，我會如何對他們訴說，關於五十戶後來發生的種種呢？

「誒，你們知道嗎，那個總是泡茶葉給大家喝的文俊爺爺，自從在芭樂樹下中風倒下送醫後，就再也沒有回來過了。」

「住在我們家隔壁的老將爺爺，你忘記了？就是第二間那個啊！以前最常跟我玩的。他後來因為癌症過世，結果，在他走後沒多久，他老婆阿閒仔奶奶也跟著回去了。」

「還有還有，那個住我家對面，以前我們最討厭的那個老惡婆奶奶，有一天她兒子突然跑回來，一回來就開始撕掉家門口的春聯，又急急忙忙拉開平時都關著的鐵捲門。他後來哭著對我奶奶說：『我沒有媽媽了。』」

「然後，關於五十戶那棵芭樂樹的默契，還守著的爺爺奶奶越來越少，大家都一個一個回去了。就連以前我們最喜歡在那裡玩的那棵芭樂樹，現在也不在了……」

我無法想像他們的表情，也不知道他們離開後是否有再回去過。時光漫漫，在長大的路途中，其實我並不常想起我的童年玩伴們。而如今物換星移，我心中的故鄉已不再是地圖上的一個地名，它已無法再被找尋與抵達。

我的故鄉只存在於我的記憶之中。

或許，我只是想找到一個能與我一起共享回憶、能真正理解我、體會我的遺憾的人，不管是那些一去不復返的童年時光，或是那些平凡卻閃亮的午後，又或是那些已經回去的爺爺奶奶們，都能與我一起哀悼、一起思念的人。

嘿，你們知道嗎？那棵只剩下樹椿的芭樂樹，夏天時，周圍會開出紫紅色的花。然後，每一次看著那些花，我總會想起小時候、總會覺得非常不想長大。轉頭看，那些樹下的椅子明明都還在，卻已空無一人。

偷偷告訴你，其實，我一點都不留戀過去的孩童時光。我只是非常地思念，曾經坐在芭樂樹下，還年輕的我的爺爺奶奶。

有一天，我做了一個夢。

夢裡，那些先回去的爺爺奶奶們，大家都還住在同一個地方，而那棵被砍掉的芭樂樹，依然日日夜夜生長，靜靜地陪伴五十戶的大家。這真是一個讓人感到幸福的夢。

我想，如果有一天，我的奶奶也啟程去到那個世界，當她見到大家時，他們必定會笑著對她說：「阮等你足久啊，愛仔。」

嘿，如果那一天到來，別怕，別驚慌。那是一個無憂無慮的世界，妳就隨著那道光走去吧。妳看，那裡午後的樹蔭濃密，樹葉隨風搖曳，而樹下，依舊擺滿桌椅。

老地方相見。放心，大家都在等妳。

你也在等我嗎？
但是，你會原諒我的吧？

生命裡，那些太過美好的風景
讓我在見你的路上
遲到了

五十戶的賣菜車

每天早上八點左右，都會有一台賣菜的發財車開進五十戶，那台發財車每天停駐的固定位置就是我家旁邊的馬路上。車子靠邊停妥後，一對夫妻走下車，手腳俐落地拉開車子四周的棚架，卸下大大小小的保麗龍箱子排好，一個迷你菜市場就這樣正式開市。

每天菜車抵達時，車子都會廣播同樣的旋律，只要聽見那個音樂聲響起，五十戶以及五十戶附近的居民便會一個個走出家門，匯集在菜車四周。

雖說那只是一台菜車，但是，整個五十戶的所有婆婆媽媽爺爺奶奶，每天固定在同一個時間聚集在一起的那種「大媽能量」，還真的不輸真正的菜市場。

要在這裡聰明購物，除了眼睛要雪亮外，手腳也要保持迅速，畢竟許多商品都是數量有限、售完為止。當然，除此以外，嘴巴也須同時保持忙碌，除了用來殺價以外，還要用來交流彼此手中握有的村子裡最新八卦。

五十戶的大家買菜時真是忙碌得不得了。

菜車的老闆長得黑黑瘦瘦的，老闆娘卻與之相反地體態非常豐腴。他們夫妻倆的工作分配可想而知，老闆總是負責搬大大小小的貨、前前後後走來走去，整理被村民們横掃而過的地方，賣了魚要幫忙刮魚鱗，賣了鳳梨還要幫忙去皮；而老闆娘則是穩穩地坐鎮於一張小凳子上，正前方的地面放置一台電子磅秤，一看就知道是負責腦力活，老闆娘除了要負責算錢以外，同時還要應付婆婆媽媽們的殺價、要送幾隻蔥之類的討價還價。

小學不用上學的日子我偶爾也會跑去湊熱鬧。當時的我第一時間尋找的東西，就是一瓶乳黃色的、如今想起感覺充滿化學色素的果汁口味調味乳，那是附近雜貨店都買不到的美味；還有當時我哥哥與妹妹都很喜歡吃的一種粉紅色炸肉排，奶奶稱之為「紅燒肉」，直到現在我依然不知道那實際上叫做什麼，也不清楚為什麼它會是粉紅色的。

小時候的我覺得這一切非常理所當然，長大後的我回想起來，便覺得菜車真的是鄉下最偉大的文化，應該要列入聯合國非物質文化遺產。

你看，僅僅一台發財車，便有各式蔬菜、水果、魚、肉，還有用保麗龍盤子與保鮮膜裝好的各式即食料理，不只如此，還有一大堆吊掛在菜車棚架頂上的，一包一包垂落下來的乾料、點心零食，一台車即能包山包海，應有盡有。

這樣一台小小的菜車對上了年紀的爺爺奶奶們究竟有多麼重要，很多人或許無法理解。在鄉下，有些沒有和子女住在一起的爺爺奶奶們，當中很多人騎不了摩托車，雙腳也走不遠，而離家最近的超市或便利商店可能在隔壁村。此時，若有一台菜車，他們只需要拄著拐杖緩緩走到巷口，就能買到各式各樣的東西、依照自己的需求跟老闆訂貨，同時，還能與鄰居們聊聊天、說說話。一台菜車所乘載的，不只有金錢上的生意往來，還包含濃濃的關懷與人情味。

住在我家隔壁的隔壁的奶奶，小時候我們一大群孩子經常在她家門前玩耍，現在她因為腳行動不方便，平常都只待在家裡或是一個人坐在家門口。不過，在菜車進來的那段時間裡，她偶爾會拄著拐杖，蹣跚地走去菜車那裡，與鄰居們閒話幾句。每一次她看到我，總會拉著我的手說：「妳已經長成遮大漢啊！」

學生時代的我，放假時偶爾會回去線西過夜，我總是睡在靠馬路的那間房間，那間房間有一座純天然的、絕對有效的鬧鐘，固定在早晨七、八點左右響起。那是菜車來的時間。

請試著想像，當菜車廣播的音樂聲響起，原本獨自坐在客廳的爺爺奶奶們便都起身，推開家門，慢慢地往巷口匯聚而去。一路上他們會遇見好多鄰居，左一句「你嘛出來買菜哦」，右一句「今仔日的魚足鮮」，那或許是他們每天唯一能與別人交談的時機，總不免興奮地拉高了音量，更別說那些已經有點重聽的老人家了。

我們家三個孩子，在國小畢業以後，就都離開線西去彰化市讀書，接著又離開彰化去外地讀大學。當時每次放假回線西看奶奶，奶奶還是會從冰箱裡拿出一盤昨天就預先買好的「紅燒肉」，即使後來在我們大學畢業出社會以後，奶奶依舊如此。

距離我們吵著要買果汁牛奶與紅燒肉的日子，已那麼多年過去，其實，長大後的我們早就已經不喜歡吃了。嘗過更多美味後的孩子怎麼還會喜歡吃那不是現炸的、不是熱熱脆脆的炸肉排呢。

但是，在我的奶奶心中，我們大概永遠都會是那些成天打著赤腳，在外面野來野去，把自己弄得髒兮兮的孩子們吧。

大概從兩三年前開始，那台菜車便不再出現了。奶奶說，菜車的老闆娘生病過世，後來老闆就不做了。

我想著，他也老了吧。那台菜車就這樣隨著肉身逐漸凋零，消逝在時光的流逝之中了。我同時也想起那盤紅燒肉，那盤奶奶總是為我們而買的紅燒肉，也同樣從此消失在我的生命裡了。

那台不再抵達的菜車，同時也帶走五十戶許多東西。逐漸衰老凋零的五十戶，變得更加安靜了。

除夕夜，我再一次睡在同樣的房間。早晨八點，被光亮喚醒，半夢半醒間，我似乎又再一次聽見那首許久不曾響起的歌，隱隱地迴盪在明亮卻空蕩的路上。

大人中

凌晨獨自哼起了歌。

「長大後誰不是離家出走／茫茫人海裡游……」——盧廣仲〈大人中〉

九月十二日，去長照中心看奶奶，今天的奶奶特別清醒，在我與姑姑揮手跟她說再見時，奶奶竟嗚嗚地哭了。我想我記得那個哭聲。

那是多年以前，大伯過世時，還是小孩子的我在二樓不小心聽見的，奶奶一個人偷偷在樓下哭泣的聲音。一種壓抑著自己，不願發出聲音的哭聲。

我拚命忍住眼淚，姑姑又再一次牽起奶奶的手。

等了一下子，我問阿嬤安怎嘍？阿嬤講伊佇遮足寂寞，無厝邊……

我無言以對。

我知道妳的身體狀況已不可能再回那個有厝邊的家。大家都那麼愛妳，卻沒辦法讓妳更好；我也沒有辦法每天去看妳，只因我也必須擁有自己的人生。

這些年來，脫離了學生身分走入社會，開始學習如何當一個大人後，我在無數生活的夾縫裡，總感覺自己無時無刻不在想家。

確切來說，並非是想念實體存在的那一棟屋宇，而是認知到，即使自身依賴且深愛著家給予的一切，卻還是不得不在自己的人生中獨立、去走一趟自己的路，那一種「不得不離開家」的想家。

偶爾心中也會這樣想著：如果可以一直當個小孩，一直賴在家被爸媽照顧就好了。

但是，人總是不小心就長大了。長大了，就必須離開家門，去經驗各種際遇、去創造自己原生家庭以外的生活、去向外追尋自己的理想、去完成生命的志業，甚至，去組成另外一個家。

太寂寞了。
長大後誰不是離家出走。
所以，我一輩子都在想家。

沿海路公寓

地址上的路名是沿海路，顯然這是一個長年吹著海風的村子。我家的藍色鐵捲門三十年來重新漆了又漆，終於在前年換新了，但是鐵捲門上那張過年時新貼的春聯，依舊很快就褪色了。

走進騎樓內，左邊堆積著雜物，當年爺爺還在耕種的時候，那裡是放農具的地方，在稻米收割時期，則會充當臨時米倉，堆滿與天花板齊高的、用麻布袋裝好的稻子。大門邊靠近天花板的地方，某一年燕子飛來築了一個巢，往後的每一年，都會有燕子在這裡撫養雛鳥，而雛鳥也在這個地方開始牠們第一次的飛翔。

以前爺爺的老金旺總是與雜物一起擠在門口，爺爺回去後，那台金旺因為無人使用也就漸漸損壞、報廢了，最後它實際去了哪裡我並不知道。

繼續往內走，拉開白色不鏽鋼大門，我才突然想起以前這扇門是木頭製的，上面有綠色的紗網，開關門時會發出「嘎咿」的聲響。它是在我幾歲的時候換掉的呢？我已想不起來。

總是這樣，我們總是記不得某一樣物件究竟是從何時開始消失在生命中的，即使它曾是每天出現在生活中的東西。

就像那台現在放在我家，當成懷舊裝飾的紅色收音機，那是某一年我於爺爺房間內找到的。沒有人知道那台收音機是什麼時候壞掉的，直到我發現它的時候，我才想起，對啊，我的爺爺有一台紅色收音機，一台他每天都聽的收音機。

走入磨石子地板的客廳，鑲在牆內的木頭正方形櫃子以前是藍色的，現在則與牆壁一起漆成了白色。另一邊牆上那面古早時代經典的風景壁紙還在，壁紙上被小時候的我們破壞、亂塗鴉的痕跡也還在，只是隨著時光流逝而更加泛黃了。

從客廳的小窗看出去是長長的晒衣用竹竿，下午時分總能看見鄰居走過來收衣服，陽光會穿過窗戶灑落在地板上，小時候的我總是好羨慕別人家的地板是磁磚或大理石，覺得那樣好時髦、好新穎，而我家的地板好醜又好舊。

長大後我才開始懂得欣賞磨石子地板的美麗，陽光照在上面會一閃一閃地發光，現在我已住了十幾年擁有磁磚地板的屋子，卻一直懷念著那片看不出來是乾淨還是髒的磨石子地板。

我想，時光的角會讓生命中的一切老舊磨得閃亮。或許，在未來的某一天，我也會開始懷念起現在的磁磚地板。

接著穿過一道拱門來到原本應是廚房的空間，這個空間裡還有一間廁所與通往樓上的樓梯，從我有記憶以來這裡就已經不當廚房使用了，據說是我媽媽要嫁進來的時候，爺爺奶奶才又在後面加建了一個更大間的廚房，同時在三樓加建了要給我爸爸媽媽做為新娘房的房間。

轉頭看那道拱門有個串珠門簾，從我有記憶以來它就在那裡，小時候的我喜歡助跑後用力跳起來摸它，現在的我則必須低頭閃躲它。

我想，是我不小心就這樣長大了，而人又會在什麼時間點突然發現自己長大了呢？

是不是你也與我相同，在某一個日子裡突然意識到，廚房裡那個大菜櫥，那個小時候始終搆不著最上層的大菜櫥，現在的自己居然已經比它還要高了。

走進廚房，一張圓形的大餐桌靠著牆壁擺放，我想起奶奶坐在黑色三腳椅上吃飯的背影。記憶中奶奶碗裡的白飯總是特別好吃，因為奶奶都吃菜，所以她的白飯都會沾上菜的湯汁，我總會刻意跟奶奶要個兩三口白飯來吃，就為了嘗那個味道。

直到現在我依然是用菜的湯汁配飯，朋友看見我這樣都覺得奇怪，說人家都是配肉汁，從來沒看過有人用菜的湯汁配飯的。而我總是會笑笑地說：「這是奶奶的味道。」

廚房窗邊有洗衣服用的檯子，是貼著馬賽克小花磚、非常老舊的那種。檯子裡有木製的洗衣板、水晶肥皂、柑仔店買的洗衣刷。我想奶奶的一生都是用自己的雙手洗衣服的，即使後來家裡有了洗衣機，她還是習慣手洗。

長大後我回線西住的日子變得很少了，但是，在那些很少的日子中，奶奶還是會把我忘在浴室裡的衣服一起洗了，然後，她會在我下一次回線西時，把那些洗淨折好的衣服拿出來給我。

奶奶洗的衣服都有很好聞的味道。

你知道嗎？用肥皂洗的衣服，在晒過太陽後會散發出一股很特別的味道。這也是我國小畢業搬到彰化市的大樓住以後才知道的。線西的衣服一直以來都是直接晒在戶外，陽光從早上開始就一直、一直烘著，像那樣被太陽烘乾的衣服，與大樓陽台內被風陰乾的衣服，味道是完全不一樣的。線西的衣服與被子都有「太陽的味道」。

離開廚房，右手邊的廁所在好多年前曾經翻新過。桶裝瓦斯換成電熱水器，以前洗完澡後要把瓦斯關掉的畫面還歷歷在目。馬賽克小浴缸被打掉，換成有蓮蓬頭的淋浴設備，原本藍色的洗手台與馬桶，也被現代化的乳白色取代。

以前洗手台上有一個藍色的塑膠方形小櫃子，櫃子上附帶鏡子，鏡子可以打開，打開後會看到奶奶的白熊脂潤膚霜、耐斯洗髮粉以及小黑夾。我的奶奶都是用肥皂與洗髮粉洗澡、洗頭的，從來沒有用過沐浴乳或是洗髮精這一類的產品。直到現在，奶奶的毛巾還在架子上。

有一次，忘記是國小幾年級的時候，傍晚奶奶正在幫我洗澡，我還記得我泡在一個非常大的鋁盆裡，正生著氣。我氣媽媽忘記幫我帶某樣東西，害我在學校沒得用，當時我非常生氣。奶奶卻對我說，妳媽媽上班賺錢已經那麼辛苦了，妳還為了這種事跟她大小聲，實在很不應該。這件事我記得好清楚，也記得那時的我好慚愧，覺得自己好對不起媽媽。

還有一次是妹妹洗澡洗到一半，發現蟑螂從她的腳背爬過去，她就直接裸體衝出浴室，結果遇到奶奶，立刻被奶奶推回去。「袂見笑！」奶奶笑著這樣說。

走出浴室，往二樓走去。

扶著紅色的塑膠扶手，往上。抬頭看，樓梯的盡頭是二樓的白色牆壁，之前我常常以這個角度看奶奶爬樓梯，大概是奶奶離開這個家前一兩年，她爬樓梯已開始變得緩慢吃力。過年時、去三樓神明廳拜拜時、回線西住時，我都會讓奶奶先上樓，然後在後面看著她。

在她後面看著她一步步極為緩慢地往上，每次這種時候，我總會想，在我學走路的時候，奶奶是不是也曾經這樣看著我呢？

踏上二樓後，左邊是奶奶的和室與爺爺的房間，右邊是三姑姑的房間與一間大客房。當初為什麼會建那一間和室現在已不得而知，我只知道在我的記憶中奶奶一直都睡在那裡。以前我覺得那間和室做得好高，兩片木頭門板好巨大，地板下層是空的，堆了好多雜物，我不敢往下看，因為總感覺裡面躲藏著一些可怕的東西。

童年的我與奶奶一起睡在硬邦邦的和室裡，夏天會鋪上竹蓆，冬天則是鋪上軟軟的棉被。和室與爺爺的房間之間有一扇小木窗，當年只有爺爺的房間有冷氣，所以每到炎熱的夏天，奶奶都會打開那扇小窗戶，讓涼涼的冷氣從窗戶吹進來，再加上綠色的大同電扇轉呀轉，好涼快，好舒服。

現在坐在和室邊的我，再一次往內看，一看才發現這間和室原來一點也不大、床一點也不高，是以前的我太小了。和室後來多了一支室內電話，那是奶奶的兒女們擔心她上床睡覺時，若突然有電話來，以她性急的個性，可能會急著起床接電話而發生什麼意外，所以才特別將電話線牽到和室內。電話旁總會放著奶奶的安眠藥以及她慣用的紅色保溫瓶。

旁邊爺爺的房間已空置許多年。我的爺爺是在我高中的時候回去的，從那之後，奶奶每天日落之時都會在這間房間點上一盞小燈。房間牆上有一面鑲嵌著時鐘的鏡子，那個時鐘不再走動，就像我的爺爺不再回來一樣。

從奶奶的和室到爺爺房內廁所前的地板上，鋪上了一片又一片柔軟的巧拼，那是奶奶有一次半夜起床上廁所，不小心跌倒以後，姑姑們為她放上的。

房間角落還有一個非常老舊的衣櫃。這幾年來我培養出一個收藏老衣服的嗜好，經常趁著回線西時，在各個房間東翻翻西找找。有一次我在那個衣櫃翻來翻去時，突然在衣櫃內的小抽屜裡發現一個用報紙包著的東西，打開一看，竟是一條珍珠項鍊。當時我馬上拿去給奶奶看，奶奶說她沒看過，我就這樣留著它了。那條珍珠項鍊後來一直放在我收納飾品的抽屜裡，每一次當我看見它，總不禁偏頭猜想著，這條珍珠項鍊，究竟是要給誰的呢？是奶奶忘記了，還是來不及送出去呢？收禮人另有其人嗎？

然而，爺爺的故事也已不得而知了。

往二樓另一個方向走去，會先經過三姑姑的房間，最後是一間大客房。那間大房間是拓寬過的，以前是由一個小房間與儲藏室所組成，後來儲藏室打掉，才重新裝潢成如今的模樣。房間門正面貼著一張量身高的紙，上面有我們每年長高的記號，門後面則貼著一張褪色到已變成白色的蔡依林海報。

以前，住在台北的姑姑們過年回娘家時，所有的孩子們都會在這間客房打地鋪，愛湊熱鬧的我當然也在其中。當時的我習慣早起，早上六、七點就起床了，而台北的姐姐們卻都要睡到九點、十點才起床，當時的我即使醒了也都故意假裝還在睡覺，硬是那樣躺著，為了想跟台北的姐姐們一樣。我總覺得奇怪，為什麼台北的姐姐們都能睡到那麼晚呢，難道住台北的人都睡這麼晚嗎？

現在我回線西住時也睡這間，床還是小時候的那張，床頭上有個歐風銅製的鐘，還記得它以前是放在三樓房間內的，想來或許是我媽媽的嫁妝。晚上躺在床上，蓋著有太陽味道的被子，關上燈後便會在天花板上看到好多星星。那是我與妹妹一起貼上去的夜光貼紙，有星星與月亮。沒想到那麼多年過去了，它們還是會發光。

離開房間往三樓去，樓梯盡頭的牆壁有點斑駁，下豪大雨時這面牆壁會漏水，每當颱風來，我們幾個孩子都要跪在地板上用抹布與拖把清理漏水。

轉身走進爸爸媽媽以前的房間，我小學畢業後我們家就搬到彰化市的新家去了，從那時開始這間房間便不再有人進出。此時空氣聞起來滿是潮溼的時光所堆積起來的霉味，抬頭看見大床邊貼著囍字的化妝台與衣櫃依舊靜靜站立著，凝視著那早已褪色的囍字，已無法想像當年這個房間是如何地容光煥發，如何地充滿期盼。

打開兩個衣櫃，裡頭還留著一些衣服，除了媽媽自己的，還有我們曾經穿過的童裝，另一邊則是爸爸以前上班穿的西裝。與家具一起被留下的，還有媽媽與爸爸的結婚照。一整本的棚拍沙龍照，有蓮花池、假櫻花，以及不斷對著鏡頭傻笑的男女。純白色的婚紗、純白色的西裝、純白色的愛情，他們的笑容是那麼樣地不食人間煙火。

過去的我不知道為什麼他們要將這些留下。

當小孩的永遠也不會知道，爸爸媽媽也有自己的心思與煩惱，也有自己的夢想與遠方。對小孩子來說，我們不會知道，爸爸媽媽在變成爸爸與媽媽前，曾經也是一個孩子、是一個男人或一個女人、是一個朋友、是一個情人。對小時候的我們來說，爸爸就是「爸爸」，而媽媽就是「媽媽」。

但是，現在的我或許已可以懂得其中的意義。

對於這間房間，我最有印象的是媽媽那件極為美麗的粉色絲質睡衣。

還記得當時房裡有一張桌面是地圖圖案的書桌，那張地圖上的蘇聯還未解體，我們總躲在書桌下蓋祕密基地。要蓋一座好的祕密基地需要很多材料，我們就拿媽媽那件絲質睡衣來當基地延伸的天花板。

三樓的走廊有一扇窗戶，每當我們從窗戶看見馬路上媽媽剛下班回來的身影時，才會驚覺完蛋了。我們總是玩到來不及收拾房間，當媽媽看見她的絲質睡衣被當成天花板蹂躪時，就是我們跑給她追的時候。媽媽都用衣架打人，如今想起來真覺得無比殘忍。

三樓的另一側是神明廳，橘色的磁磚地板上散落著細碎的紙錢灰燼。牆邊放著兩張曾經是媽媽嫁妝的綠色布沙發。我們常常與奶奶一起坐在沙發上，等待祖先或土地公用完餐，因為要等祂們都吃飽了以後我們才能燒金紙。

那麼，要如何知道祖先或土地公吃飽了呢？當然是要擲筊了。要擲到聖筊才代表祖先或土地公吃飽了，同意你們子孫可以開始燒金紙了。我總是坐在沙發上看奶奶擲筊，聽奶奶念念有詞，聽她自我介紹，聽她說要祖先與土地公保庇囝仔勢讀冊（保佑小孩很會念書），保庇阮全家大大細細平平安安。

每天傍晚五點左右，奶奶也都要上香。幾十年來奶奶一直都是親力親為，直到近年爬不動樓梯後才變成三姑姑代勞，而我們孫子在的時候則由我們負責。

點燃三隻香，先拜土地公，插上第一隻香，再到陽台外拜門邊的財神，插上第二支香，最後回到廳內，拜祖先牌位，插上第三隻香。

日落的陽光穿過落地窗門映照在橘色的地板上，空氣變得溫暖而閃亮。上完香，看看牆上照片中的爺爺與女阿祖，他們都還是我記憶中的模樣，有那麼多的皺紋，臉是那麼樣地可愛與慈祥。

而我上香時，都是沉默的。我不曾要求祖先與土地公保庇我什麼，因為我知道，奶奶她一生的虔誠也不是真的要求得一些什麼，那只是她的習慣罷了。即使是現在已失智的奶奶，也總還記得要拜拜。

阿嬤，妳若真的要求得一些什麼，就不要再求祖先與土地公保庇阮勢讀冊，保庇阮勢賺錢了。就求神明們、祖先們保庇妳永遠攏袂孤單，好否？好否？

沿海路的這棟公寓裡，從三樓到一樓，有我與奶奶及全家大小一生的縮影。我下樓，穿過客廳，再一次推開白色鐵門，跳上機車離開。人生就是這樣，每一次回來，還是得離開。

但是，沒關係。在我的心底，還有另一棟沿海路公寓。

那裡的一切都跟小時候一樣，爺爺還在，妳還在，我們也都還在。那裡永遠沒有人必須離開。

旅途中的歌——知足

耳機裡，阿信這樣唱著：

「如果我愛上你的笑容／要怎麼收藏／要怎麼擁有
如果你快樂不是為我／會不會放手其實才是擁有……」

十月，抬頭看見一顆孤獨卻明亮的星在漆黑的天空中閃爍，那畫面像人的生命一樣，那麼美麗，又那麼荒涼。

今天要離開長照中心時沒能忍住眼淚，我覺得非常懊惱。明明早已決定每一次即使傷心也都要笑著對妳說再見。而今天的我甚至不知道自己為什麼會突然流淚。

「咱來去買菜。」阿嬤這樣說。

哥哥笑著對我說，為什麼阿嬤每次看到妳就吵著要去買菜？我去的時候就不會。

我想，那是因為過去的我每一次回線西看妳時，都會買菜回去煮飯吧。所以，現在的妳每一次見到我，總下意識地想起要去買菜與煮飯。而妳那固執又性急的個性，即使失智了也依然沒有改變，不管是我說我待會兒就去買，或是我說我已經叫其他人去買，妳總是完全聽不進去，甚至想要自己起身。

每一次妳要我扶妳下床、帶妳去買菜時，我只能不斷對妳說，菜已經買好了，大家都吃飽了。我們之間會無限次地循環這樣的對話，而妳那懇求的眼神與掙扎著想要起身的模樣，總讓我的心感到疼痛。

然而，那些都不會是我真正感覺辛苦的時刻。我唯一真正感到辛苦的，是妳偶爾突然清醒的那些時刻。因為，每當妳比較清醒時，妳總會問我：「咱來轉好否？（我們回家好嗎？）」

「好。」

妳不會知道妳每一次問我，我有多麼想說好。我多麼想說，阿嬤，好，我帶妳去買菜；好，我帶妳去拜拜；好，咱來轉。

「行啦，咱來去買菜。」妳對我揮了揮手指，要我趕快動作。我們推著妳的輪椅繞著走廊一圈、兩圈、三圈，我不知道每一次推動輪椅時妳是不是都期待了一次，也不知道妳是不是知道自己總是會回到同一個地方，我只知道每當我停下輪椅時，妳都會再一次重複：「行啦。」

為什麼呢？這些日子以來，每一次來看妳，其實都沒有辦法對妳說「好」，但是，為什麼今天的我，卻特別想流淚呢。

今天我與哥哥是和姑姑一起來的，現在姑姑準備要回去了，所以我們也要跟著走了。而此時的妳好像坐輪椅坐到有點累了，我們便請工作人員把妳送回床上。工作人員抓著妳的褲頭，將妳從輪椅上奮力一拉，妳便被安全移動到床上，我看著妳那僵硬無助的身軀一動也不動，任工作人員替妳調整床鋪、調整枕頭。
這些畫面其實都一如往常，但是，那一刻的我卻非常想哭。

好想妳。好想那一個，一邊揮手，一邊笑著目送我的妳。好想那個站在黃昏裡的妳。

走出房門後眼淚不斷落下，我要回去了，阿嬤。坐在哥哥機車後座的我，一路哭著回家。

我以為我早已準備好要放手，但是，為什麼眼淚還是不停地流呢？我覺得今天的妳特別憔悴，妳的手也比過去任何一次都還冰冷。阿嬤妳真的要走嗎？

我知道，不管如何，妳的生命都將在未來的某一天走向圓滿，我也知道，從那之後的妳再也不用受苦，我當然也知道，那時的妳，會比妳漫長一生中的任何一個時刻都還自由。我都知道。

但是，我就是捨不得妳。

「當一陣風吹來／風箏飛上天空／為了你而祈禱／而祝福／而感動
終於你身影／消失在人海盡頭／才發現／笑著哭／最痛」

阿嬤，我答應妳，我會為妳的圓滿喝采，我會為妳的啟程祝福，我會為妳的來生祈禱。我會笑著與妳相約，再見，總有一天。再見了阿嬤，今生有緣與妳相伴這麼多年，我已經非常幸福了。

耳機內的音樂聲未停，眼淚禁不住再一次流下。

「那樣的回憶那麼足夠／足夠我天天都品嘗著寂寞」
「知足的快樂／叫我忍受心痛／知足的快樂／叫我忍受心痛」

陌生人教我的事

知足

書店打烊後，大夥相約一起去吃晚餐，是一間家常牛肉麵店。

點完餐後，熱呼呼的麵與小菜陸續上桌，突然間，角落有一桌的男女動靜大了起來，好奇轉頭一看，只見女孩拿著一個塑膠袋好似想要嘔吐，而男子則起身走出店門，又過了幾分鐘，救護車已停在店門口。

看見救護車時我非常訝異，因為那個女孩僅僅是一直坐在椅子上，沒有發出痛苦的聲音或話語，也沒有表情，但救護車卻來了。其實，在那個當下，我心中浮現的第一個想法是「有這麼誇張嗎？」

後來，擔架推了進來，我才發現，原來那個女孩子已僵住無法行動，也無法說話。

我感覺非常慚愧。世間的大悲大喜，只有自己的心知道，而一個人的身體狀況如何，即使外表看不出來，也不代表沒有問題發生。

救護人員一邊動作一邊急促詢問：「她有什麼慢性或重大疾病嗎？」陪伴女孩的男子立刻回答：「癲癇、左癱……」還有一大串我聽不懂的醫療名詞。

那女孩睜著眼，一直睜著眼，始終無語。她看起來年紀比我小，躺在擔架上的身影緩緩消失在我的視線中。

當救護車聲逐漸遠去，我便知道，在這個世界、這個夜晚，必定有人要受苦了。不管是女孩自己，或是愛著她的人。

直至聽不見救護車的聲音後，回過神來，看見眼前一桌的菜，再看見圍在桌旁的朋友們，突然間，我感覺自己真的足夠幸福了。

平凡

一個忙碌的早晨，我們急急忙忙地準備出門趕高鐵，沒想到還在鎖門時電梯就先到了，電梯內的鄰居見狀，立刻按著開門鍵等待我們進電梯。進電梯後我們連忙對他說不好意思，只見他不疾不徐地微笑說了句「不會」。

電梯抵達一樓後，他再一次為我們按著開門鍵讓我們先出電梯，我們在慌忙之中趕緊轉頭道謝，而他卻笑著對我們說：「新年快樂。」

那一個當下，我原本緊繃的心情瞬間舒展開來。

沒想到，過去毫無交集的靈魂在初次相遇的當下，竟也能成為彼此的生命導師，即便那是一生僅有一次的交流。

而在那交流之中所發生的一切神奇，甚至會在本人毫不知情的情況下發生。

倘若，那位先生一開始所選擇的，是如大部分的人一樣，對他人冷漠以待，那麼對我來說，這個平凡的冬天早晨，將會以完全不同的方式展開。

原來，人就是像這樣，在一點一滴平凡無奇的小事之中，不斷地成為那一個自己所選擇成為的人。

我經常盼望著自己，要當一個讓人感覺溫暖的人、要當一個可以帶給他人幸福的人，然而，像這樣似乎是非常困難的企盼，原來竟是那麼簡單就可以達成。我們只需要在一個上班日的早晨，對趕著出門的鄰居微笑打聲招呼，就可以了。

人生的際遇組成命運，而際遇則是每一個人的選擇交互堆疊而成的結果。我們可以選擇要以什麼樣的方式去對待他人、要以什麼樣的方式去影響這個世界，而我們的選擇也會讓自己變成自己所選擇的那種人。即使我們生而平凡，即使我們力量微小，但是，這世界的一切生命將會以我們自己所選擇的方式來彼此相連成一個美麗的圓。

請試著想像，若每一個平凡的早晨，都有一百個人在睜開眼睛的當下便決定好今天要當一個不一樣的人，那麼，我想這世界就會有另外一百個人，因此得到一個平凡卻美好的早晨。而這個「不一樣」，可能只是向陌生鄰居打的一聲招呼；可能是與大樓管理員對視後的一個點頭微笑；也可能是對自己總是來去匆匆的早餐店老闆說一聲「謝謝你，辛苦了」而已。

原來，想要變成自己期盼中的那種人其實並不困難，只在於做與不做而已。對我來說，像今天這樣的早晨，是如此地平凡，又如此地不平凡。

輯三

來自島嶼的孩子

遠方的山川湖海、歡聲鼓樂，
若故鄉召喚，一切，都可以捨下。

世界給了我那麼多，
並非是要我成為一個只有遠方的人。

而是這世界的每一個遠方，
都讓我成為一個有家的人。

關於世界

我在紐西蘭的大山大水間，第一次真正意識到何謂「世界」。

那是一個濃霧的早晨，我們一行四人一早驅車抵達登山口，依循路徑一步一步走入群山中。剛開始因為濃霧，看不見四周風景的真實樣貌，但是，隨著太陽的角度越來越高，陽光逐漸越過山頭灑落於山谷之中，視線便漸漸清晰了起來。

我們持續行走一小段時間，當我緩步繞過一顆巨石後，發現我們來到了一片被群山環繞的寬廣腹地。

「哇……」第一眼，看見那畫面的第一眼，就讓我激動得不能自已。

眼前一條平穩寬闊的河流向遠方流去，四周群山連綿起伏，山勢壯闊，而山巔上的藍色冰河剔透閃耀，並帶著一股孤絕冷冽的危險氛圍，四周陽光與尚未散去的薄霧彼此交織，將眼前所見的世界染成一片閃亮的金黃。

那一刻，我知道我親眼見證了以過去貧乏的生命經驗永遠無從想像的美麗風景。原來，這就是大山大水。那一刻，在大自然絕對的美之前，我無比震撼，也無比感動。

一直以來，人類總是想憑藉自己的能力、思想或價值，企圖凌駕於大自然之上，但是，在眼前這樣偉大的風景之中，我只能深深地嘆一口氣：「人類究竟何德何能？」

那個當下，從心底不斷湧出的，是無盡的謙卑。

想起過去曾經在科學博物館內看過一部影片，那部影片的內容是在呈現我們居住的地球以及地球外宇宙的各種畫面，畫面從風的流動開始，接著風吹動草木、蝴蝶揮翅飛舞，再到高山、到深谷、到大海，畫面不斷向更遠、更遠的地方推進，最後至星球、至銀河系、至宇宙。如今回想才憶起，我也曾經在那一刻感受到與此時相同的震撼。

「世界的浩大至宇宙、地球的海洋與山岳，微小至一草一木、風中繁花的盛放與凋落，因為人類生命的短暫，因為活在數億未知的宇宙韻律中，而感受到自身的渺小與怯弱，但美，卻因此而呈現。」這是我當時寫下的文字。

人類文明存在於這個宇宙中已有幾千年，但我們卻始終無法完全了解宇宙的一切，我們無法完全明白宇宙是以何種法則和韻律在決定、在轉動萬事萬物、生命百態。像這樣，連用想像力都無法企及萬分之一的巨大神祕，我們人類究竟該如何知曉？

我們又該如何知曉這個星球從洪荒初始至今經過了多少漫長的時光，經歷了多少漫長的旅程，最後才以現在這樣的姿態出現在你的生命裡？此時此刻展現在眼前的並非僅是山山水水，而是一段難以爬梳的漫長時光，是一個浩瀚無垠且或許永遠沒有答案的提問。在我們這短暫到連宇宙間的一個閃光也不及的人生中，能以雙眼親見此幅畫面，我想這已經是一個太過美麗、詩意且偉大的瞬間了。

原來，正因為我們真實地接受了自身是微塵般渺小的存在，正因為能純粹地擁有這一顆謙卑的心，正因為我們不再試圖以任何力量或其他任何形式，企圖凌駕於大自然之上，所以，我們才能感受到這世界浩瀚、深遠且寧靜的巨美。

而當我以此為始，開始對這宇宙全心全意地抱持謙卑之時，宇宙便張開它那巨大且柔軟的雙臂，將我迎入其中。那一刻，我感覺我的心被一股既溫暖且堅強的力量所包覆，我與整個自然世界在那一刻，建立起一種難以言傳的神祕連結。

我想，此時此刻與我相遇的這個畫面，必定是宇宙交付予山水，要給我的提示。它要我去發現、去思索，它要以這畫面來打開我的心靈之耳，要讓我聽見過去從來不曾聽見的，宇宙的聲音。

那是前所未有的感覺，我想我確實聽見它對我說：「來見我。」

「來見我。」它這樣說。在風中，我張開雙臂。

那是我生命中第一次，感覺飛翔。

洛磯山脈記事

升起篝火

我們一行人圍著一叢篝火，其中有兩位騎單車旅行的外國人，正與我的另外兩位旅伴一起，一邊聊天一邊烤棉花糖。

篝火的火光飄忽搖曳，木頭燃燒著發出劈啪的聲響，四周幾間小木屋稀稀疏疏地圍繞我們，而營地邊緣有一條溪流經過，耳邊傳來不曾止息的流水聲。這裡的環境自然且原始，用電是發電機供應的，水桶內儲存的用水是主人自己扛回來的，當然營地內的廁所也與洛磯山脈中其他的廁所相同，馬桶底部連通的並非水管，而是直接回歸到大地中。在這一切中我認為最特別的是，這裡沒有浴室，但是在稍遠的角落卻有一間桑拿用的小木屋。這裡，便是我們今晚的落腳之處。

兩位騎單車旅行的外國人正在進行一次跨越北美洲的單車之旅，我們這樣問他們：

「你們預計要旅行多久？」

「還不知道……」

「那麼下一站要往哪裡走呢？」

「目前還沒有確切的目的地，就一直往南方前進。」

當時的我對於他們這樣充滿著「不確定」的旅行方式感到非常吃驚，同時心中也湧起一股欽羨之情。

「真是充滿勇氣的旅行者。原來，在這個世界上，有人正以我連想像都無法想像的方式在生活著。」這是當下浮現於我心中的一段話。

那是二〇一五年，我在人生初次長途旅行中抵達的第一個國家裡，第一次真正意識到，原來自己的思想是那麼狹隘、生命經驗是那麼貧乏，而世界竟是如此廣大。

這就是旅行嗎？我這樣問自己。

現在的我回想起那一日，其實內心的感受是非常奇異的。那真的是一個非常原始的住宿地，當時的我旅行經驗並不多，所以當下無從比較。然而，如今認真回憶起來，才發覺即使與我往後所有的旅行經驗相比，那裡也依然是一個極為特別的地方。

在與我的家鄉相隔一片大海的北美大陸，在漆黑卻星光閃爍的山林中，幾個靈魂被大山的靜謐圍繞，被永不停歇的溪流經過，而那篝火搖曳的微光彷彿催眠一般，緩緩地，某部分的我們睡去，然後，我們的心靈便將那個睡去的我們帶往比平常更深、更遠的地方。

我看著那篝火，感覺心裡有一股很滿、很滿的情緒，我覺得自己似乎非常渴望一場深刻的談話，可以觸及靈魂的那一種。同時，我也非常確定，倘若當時有人主動詢問我的故事，我必定會毫無保留地將自己攤開。我不知道其他人是否擁有與我相同的感受，我只知道這夜晚沒有人真正打破這沉靜的氛圍，大家似乎都在心裡享受著這樣的夜晚。我與坐在身邊的女孩也僅僅只是有一句沒一句地小聲閒聊著。

夜逐漸深了，回到房間稍作整理後，大夥突然決定在睡前去桑拿。

一行人頂著夜色與星空，沿著小徑抵達桑拿小屋。推開木頭門後，一股熱氣撲面而來，我們一個個依序鑽進沒有燈的小木屋裡。緩緩褪去所有衣物，排排坐在木椅上，身體一邊呼吸著混雜木頭香氣的溼暖空氣，一邊試著讓眼睛習慣包圍我們的黑暗。

我想應是因為桑拿實在太有趣，又或者是這一切都太過新奇，所以，即使是必須捨棄全身衣物的桑拿，我們這四個初次一起旅行、一起裸身相見的女子，竟也能這樣毫無芥蒂地沁著大顆小顆的汗水，開心地聊著天。

或許，這也是把自己完全攤開的另一種完成吧。而桑拿小屋內的爐子便是今晚的另一叢篝火。

結束桑拿後我感覺身心舒暢，頂著熱烘烘的身體，沿著來時的小徑走回那間擺放著簡單上下鋪的木屋，舒適地躺在床上回想這一個經驗了無數「生命中前所未有」的日子。

這就是旅行嗎？閉上眼，沉沉睡去。

我在睡夢裡，才真正結束了這一場被篝火催眠的，神奇的夢。

阿醜

我們在被雪染成銀白色的路易斯湖邊，堆起了人生中的第一隻雪人。

從起床開始，一整天我都處於非常亢奮的狀態，只因前一日在我們熟睡之時，山裡降下了一場大雪。積雪的木頭走廊、積雪的汽車車頂、積雪的森林與大地，雙眼所見的一切都是雪白色的。

驅車來到著名的路易斯湖，下車後踩著白雪混著泥土鋪成的道路，最後，道路盡頭開展在我眼前的，是一座被雪山溫柔環抱的寧靜湖泊。

多麼美。這個畫面從那一刻開始便成為我腦中的一個印記，一個名為雪的印記。在未來的時光中，只要提到雪，這便是我腦中第一個想起的畫面。

我彎腰抓起一把雪把玩著，那觸感真是神奇，然後迅速地，雙手感覺到一股刺骨的冰冷感，還帶著些許疼痛。趕緊丟掉雪，發現手指已被凍得僵硬、泛紅。

我立刻戴上手套讓雙手回暖，然後用戴著手套的手再一次抓起一把雪往旅伴的方向丟去。我壯烈地吹響了戰鬥的號角，一場大戰就此開始。

不過大戰才剛剛開始幾分鐘，戰士卻已體力不支。看來這幾個來自亞熱帶島嶼的戰士確實有點水土不服啊。兩方即刻為停戰進行協商，出門在外以和為貴，在幾次協商後兩方打算共同建造一座代表和平的雕像，來紀念這一個值得慶祝的日子。

所以我們堆起了雪人。

兩個大雪球上下疊在一起，以泥土點睛，以樹枝做為嘴巴，再捏一塊三角形的雪磚，用樹葉做成圖案將其當成帽子，最後，女孩拿下她脖子上的圍巾，為它圍上。

大家以雪人為中心，蹲著圍成一個圈，「幫它取個名字吧？」

從此雪人變成我們的第六個旅伴，它的名字叫阿醜。

「阿醜再見。」從這座山誕生的阿醜，最後也被我們留在這座山裡。我們都知道，它並不會感到孤單，因為我們每一個人，都留下了一小片靈魂在它之中。

而我們似乎不該為它取名字。

只因，從「它」擁有名字的那一刻開始，在我們心中，它即成為了「他」。

許多年過去，我偶爾還是會喚起他的名，像思念一個人一般。

「阿醜。」

最純粹的美麗

宇宙正交付關於美的課題於我。

那一日，我在森林與草原的交界之地，遇見生命中的第一頭野生馴鹿。

那頭馴鹿坐在樹林前，姿態非常優雅。而我們站在馬路邊，隔著一片草原的距離遠遠望著牠。

原來，真正的野生動物，與小時候在動物園裡看見的動物，姿態是那麼樣地不同。

我們全都非常著迷於這一次的邂逅。在持續專注地觀察牠一小段時間後，那頭馴鹿突然站了起來，轉頭往森林裡走去，緩緩消失在我們的視線中。

「好美。」我不禁脫口而出。

太陽逐漸西斜，空氣中彷彿懸浮著金色粒子，我們重新驅車上路，準備前往今晚的住宿地。接著，就在這一小段路途中，我們竟遇見了由五、六隻馴鹿組成的小鹿群。立刻再一次停下車，搖下車窗，馴鹿們有的正緩慢行走，有的正低頭吃草。牠們近在咫尺。

沒有玻璃，沒有柵欄，沒有牢籠，牠們伸手可及。我深受感動。

從那一刻開始，我便決定，這輩子再也不去動物園了。只因這宇宙間的所有生命，都應該只存在於他們該存在的地方。

是的，宇宙正交付關於美的課題於我，它將一切答案的提示都託付給世間萬物，而我正在這座壯闊美麗的山脈中孜孜矻矻地學習。

大山、河流、瀑布、冰雪、星空、馴鹿、飛鳥、一草一木……當我看見這一切之時，我同時也看見了美。

宇宙正交付關於美的課題於我，它要我明白，世界上最純粹的美麗，就是宇宙萬物的適得其所。

告別

我們在班夫國家公園內的商店街吃了一碗熱熱的拉麵，為這趟寒冷的山之旅畫下一個溫暖的句點。然後，在街尾的大郵筒，寄出給自己與朋友們的明信片。

我知道這些明信片將會比我更早抵達我的家鄉島嶼。

一路驅車回到卡加利，在朋友家度過了一些幸福的日常時光，然後，各自乘噴射機離去。

告別洛磯山脈，告別加拿大。旅途中的每一次告別都是新的旅途的開始。我帶著從宇宙那裡得到的一點點的收穫以及更多更多的疑問，獨自往我夢想中的島嶼飛去。

我獨自往冰島飛去，那是二〇一五年。

冰島記事

永遠的冰島

多年過去，對我來說，它仍是一個美麗的夢。

那一天我獨自飛往冰島，那是二〇一五年。

告別了在加拿大一起旅行的朋友，一個人乘上飛往冰島的班機，我的內心極為忐忑。沒想到，在即將抵達那座自己夢想中的島嶼時，比起感動與興奮，更加清晰浮現於心中的，竟是因即將獨自去到另一個國度而產生的緊張與不安。

飛機一路飛越北美大陸、格陵蘭，窗外的北大西洋看起來是那麼黑暗與冷冽，而我想像中的冰島是一座極其遙遠、荒涼且無比寒冷的島嶼。飛機緩緩降落，我依循著指示牌通關、提取行李，入境後站在空蕩蕩的大廳，看見玻璃外一片灰茫茫的景色，整個人竟感覺徬徨失措了起來。清晨六點，我該往哪裡去呢？

如今憶起，那一刻，那個徬徨失措的孩子於內心所感受到的，好多種情緒交織而成的複雜心情，我想，那便是一個人探索世界的起點。

每個人的一生只會有一個起點，一個永恆的起點。

我的起點，便是冰島。

白日夢冒險王

「To see the world,

things dangerous to come to,
to see behind walls,
to draw closer,
to find each other and to feel.
That is the purpose of life.」

——《白日夢冒險王》（*The Secret Life of Walter Mitty*）

每個眼裡有一座冰島的人，心裡必定都會有一幕《白日夢冒險王》。

電影畫面裡，主角米堤在冰島那綿長且荒涼的公路上全心全意地向前奔跑。他一直奔跑著，就為了尋找一張消失的二十五號底片。電影中的配樂無比激昂，而那畫面也就此烙印在我心上。

看完電影後我想著，或許，所謂的「遠方」，其實從來就不遠。電影中的他，只是為了把平常所做的工作做好而已，命運就理所當然地帶他去了「那裡」，而「那裡」，竟成就了他一段不凡的人生故事。

我想，「那裡」，應該就是每個人心裡的「遠方」吧？而所謂的命運，其實，是自己帶自己去的地方。出發與否，只有自己能決定，不管如何，只要上路了，這世界便再也沒有一個真正遙遠的地方。

「我要去冰島。」

是的，我要去那一座陌生的、應該是寒冷的、位在遙遠北方的、好像很寂寞的島嶼。

島上的家

狂風，冰島迎接我的第一個儀式，是狂風。

前往市區的巴士停在偌大的停車場中，四周景色荒涼，背著大背包的我被風吹得搖搖晃晃。氣喘吁吁地走入巴士，卸下厚重的外套與圍巾，一邊調整自己紊亂的呼吸，一邊觀察車內的人們。

呼吸漸漸回復平穩，便舒服地窩進座位中，看著車窗外發起呆來。耳邊偶爾傳來以陌生語言交談的聲響，此時窗外下起了雨，雨絲在車窗上匯集、滑落，我戴上耳機，開始聽冰島的歌謠。大約四十分鐘後，巴士終於發動，往市區出發。

車子奔馳在公路上，道路兩邊是綿延無盡的矮草原，草原帶著枯黃的色澤，而更遠的遠方是灰濛濛的天空。我的視野直至天空與大地的交界，那是一條彷彿沒有盡頭的地平線，不斷向兩邊延伸、再延伸。視線所及的一切都是無邊無際地遼闊。

「你好啊，冰島。」我在心中這樣說。

一小段時間後，巴士到站，於巴士總站下車後，狂風再度侵襲。我以踉蹌的腳步經歷一陣迷途後，終於抵達了我在島上的家。

抬頭看著眼前的白色建築，未來幾天我將要在這棟公寓中的半地下室度過。向前推開獨立進出的門，整個地下室空間建置了兩間房間、一間共用浴廁，還有一個小廚房。

我非常喜歡房間內那扇與戶外草地齊高的窗，因為窗外的風景是一個充滿綠意的庭院。每當遇見太陽露臉的日子，陽光便會穿透房間窗戶，灑落在地板與純白色的棉被上。

我也喜歡與妹妹一起徒步穿越住宅區，去到小雜貨店購買食材的那一小段路途。路上的我們總是充滿興奮與期盼。「今天要做什麼晚餐呢？」我總會在心中這樣開心盤算著。

還有那些燈，房間裡，那些暈黃的燈，我也同樣喜歡。

那些黃色的燈，不僅照亮房間，同時也溫暖了我們的心。當我們點亮燈的那一刻，即代表一整天的行程正式結束了，我們會把「變動的旅途」的模式暫時關閉，然後開啟「日常生活」的安逸模式。我始終覺得那些小燈就好像一座座的燈塔，指引著家的方向，也帶給我們家的光明與安全感。

島上的家，也是一個家。十年、二十年、三十年以後的未來，不管那棟屋宇是否仍真實存在，只要我依舊一次又一次地說起冰島的故事，只要我還持續呼喚它的名，它便永遠都在那裡。

我的「島上的家」，永遠，都在我的記憶裡。

Iceland, so quiet

巴士行駛在一號公路上，一號公路是島上唯一一條環島公路，所有人都會在這條道路上匯聚，然後擦身而過。

早上巴士剛出發之時，我們是那麼樣地興奮，那是抵達冰島後我們第一次離開首都雷克雅維克，兩個人四隻眼睛沒有任何一刻捨得移開車窗。

今天我們參加的是冰島當地的一日團，行程是非常經典的金圈之旅。冰島的大眾交通工具並不發達，只有市區內有每日固定行駛的公車，所以大部分沒有租車的旅客都會以一日團的方式在冰島上旅行。

一般來說，金圈之旅主要涵蓋三個最重要的景點：蓋錫爾間歇泉（Geysir）、辛格韋德利國家公園（Thingvellir）、古佛斯瀑布（Gullfoss），其餘則依旅行社的不同而有不同的行程內容。

這一日的車窗風景始終沒有陽光也沒有藍天，只有厚厚的雲、微微的雨。我試著在腦中回想今天所見過的一切風景，要說真的有什麼是讓我印象最深刻的，我想，就是那冰島的綠吧。冰島那無窮無盡的綠，鋪天蓋地占據我視野的一切。

「Greenland is all ice, Iceland is all green.」有一句話是這樣說的。

多麼神奇啊！「冰島」，在一個彷彿被冰封的名字之下，竟是一座無比翠綠的生命之島。

一天的行程接近尾聲，巴士最後帶我們去到一座地熱發電廠。參觀完後，我在發電廠附設的商店內隨意翻看書籍，突然間，我的目光被一本冰島攝影集中的一句話所吸引。

「Iceland, so quiet.」

冰島，如此寂靜。

冰島，寂靜嗎？

抬頭看玻璃窗外一片荒涼，雨霧紛飛，今天下了一整天的雨，世界在一片霧濛濛之中。此時導遊要我們準備重新回到巴士上，我闔上書，拉好大衣外套的帽子後再度回到風雨之中，前方一片遼闊中有一輛巴士孤獨佇立，突然間，我似乎有點明白了那句話的意思。

要說聲響，冰島其實非常喧嘩。從遼闊大地橫掃而過的風不曾停歇，風聲總是震耳欲聾。但是，我好像懂了。

原來冰島的寂靜，並非是沒有一點聲響的那種寂靜。冰島的寂靜，是一種被曠遠與蒼茫包圍著的，心靈上的寂靜。

生命之島

九月底，冰島清晨的陽光是有點刺眼的金黃，這是我們抵達至今第一次看見陽光下的冰島。從巴士出發的那一刻開始，一號公路上的車窗風景便讓人幾近瘋狂。當時我雙眼所見的畫面皆是此生中不曾見過的絕美風景，我與妹妹一刻都無法將視線從車窗上移開。

這一日我們參加了冰河湖的一日團，行程除了最主要的冰河湖外，還有兩個頗負盛名的瀑布。車子行駛一小段時間後，我們抵達了第一個瀑布。

一走下車，發現頭上的天空藍得彷彿要滴下天藍色的顏料，此時陽光的角度比出發時高了一些，光線也更透明了一點。風微微吹撫，輕盈地滑過我雙肩，它撫過大地，也撫過數百、數千隻散落在草原上的白色綿羊。

邁步往前走去，前方是我此生見過最美的一個瀑布。巨大高聳的水流從懸崖傾瀉而下，我站在數十公尺外的距離，依舊能感受到那向外飛散的水霧，突然間，我的視線被一道大大的彩虹所吸引。

這座瀑布的名字是斯科加爾（Skógafoss），在冰島語中是「森林瀑布」的意思，這座瀑布最為人所知的特殊景觀，即是那時常出現、折射在水霧中的雙層彩虹。

一切都是那麼閃耀、那麼壯闊。「天堂般的冰島啊。」我在心裡不禁這樣讚嘆著。

帶著不捨的心情回到車上，內心非常快樂，車子發動後雙眼依然緊緊盯著窗外，而今天最重要的景點是在照片中如其他星球般的傑古沙龍冰河湖（Jökulsárlón），但是，在還未抵達冰河湖之前，我早已被冰島澈底俘虜了。

從雷克雅維克到冰河湖，車程大約是五個多小時。五個多小時的車程聽起來似乎非常漫長，但對我們來說，在這座島上的五個小時似乎還是太過短暫了啊。

藍色的天空，翠綠的大地，起伏的山巒，獨自座落在平野中的小屋，成群的羊與馬匹，眼前的一切不斷讓我發自內心「哇——」地驚叫。車子一直往前，我的內心也繼續被冰島震撼著、感動著。當時我便告訴自己：「妳一定要好好記得。要好好記得這個太過美好的日子。」

後來，那如同鑲嵌在大地上、閃耀寶石般的藍色冰河湖，赫然出現在我們眼前。

那片湖泊的藍，是我此生未曾見過的藍。

我想，旅行的意義在此真正地體現。當我經驗「前所未有」，生命便也因此不同。見過冰河湖以後的我，生命中的顏色比起過去變得更加燦爛了。只因，那是我人生中第一次在自己心中為一種顏色賦予定義。那藍是「冰河藍」，是天藍中透著白又透著灰的藍，是一種你見過一次，就再也不會忘記的藍。

走到湖邊，我們搭上了事先安排好的特殊交通工具，那種交通工具在陸地上是車子，駛入湖中後又會變成一艘船。船出發了，我們四周被幾艘負責移開大塊浮冰的前導船圍繞著，所有人都專注地看著四周。

冰河藍的湖水，湖面散落著大大小小的浮冰，以及偶爾突出水面如同小島一般的小冰山，眼前這一切形成了一個奇幻的國度。當人們還如痴如醉地欣賞著眼前如同幻境一般的景色時，突然間，解說人員從前導船上接過一塊晶瑩剔透的小浮冰，接著讓人們輪流傳遞，最後還敲碎了它，說要讓我們嘗嘗看何謂「千年冰」的滋味。

下了船後，我們走上湖邊的小沙丘，試著由制高點往下俯瞰整座湖。湖被山巒圍繞，右邊連接著冰河，而我知道，那冰河依舊會百年、千年地日日夜夜持續將冰緩緩推入湖中，直到冰河完全消逝於時間的洪流之中。

永恆的暮光

回程，我們來到了最後一站，塞里雅蘭瀑布（Seljalandsfoss）。車子停在空地上，「暮光已現。」導遊這樣說。走出車外，我再次感到狂喜。不管在何方，這都是我最鍾愛的時刻。

極為著名的塞里雅蘭瀑布就在我後方，我能清楚聽見瀑布奔流而下的巨大聲響，但是，我卻無法轉頭看它一眼。只因那個當下，我的雙眼與靈魂，只能看見那道從地平線向上暈染的橘紅色光芒，而在那道光芒之上，是最深的、最純粹的藍。

眼前這片遼闊的天空、腳下這片一望無際的草原、視線盡頭那如女神裙擺舞過一般，渲染著世界的暮光。我與妹妹一起站立於看不見盡頭的寂靜荒野中，那個當下，我竟突然感覺到一股深切的悲傷。

世界是這樣日復一日沉默地運轉著，一日，一年，十年，一千年，一億年……河水流動，草木枯榮，潮起潮落，大海拍擊陸地，日升日落，一切持續著，直到永恆。這個世界沒有言語，它傳遞美於我，如此偉大，卻如此寧靜。身處於如此浩大的美之中，讓我悲傷得不能自已。

無邊無際的溫柔遼闊，無邊無際的荒涼冷冽，原來，這就是所謂的曠野。持續凝視著遠方的那道光芒，陣陣寒風不斷經過了我，我想我已明白了我的悲傷究竟源自何處。我知道，那是因為我正經歷一個太過美麗，而且此生無從再次經歷的瞬間。

站立於原地許久，想著，下一次，下一次是什麼時候，才能再見你一面呢？而島不說話，只唱歌。風，便是冰島的歌謠，總是一直唱著，唱著。

一個來自遙遠島嶼的旅人持續凝視著那一道曠野中的暮光，那道暮光便從此烙印在他的靈魂之上。當旅人轉身背對它離開的那一刻開始，旅人也終於真正明白了，何謂「一生中的絕無僅有」。

「一座島嶼，能給妳什麼答案？」你曾這樣問我。

此時我多麼想告訴你：「是生命的意義。」找尋每一個感動的片刻，就是我生命的意義。

我多麼感激冰島帶給我的一切，是冰島讓我明白了，當人在遇見太過美好而無從再一次經歷的瞬間之時，竟會如此喜悅，又如此傷悲。

我與世界寧靜對視，遠方的暮色逐漸淡去，黃昏已道別，冰島的黑夜勢必要傷心落淚了。

旅人重新搭上車子離去，公路綿長，車身微微搖晃，他依舊凝視著車窗外的深藍與橘紅，一分一秒都捨不得錯過。

而在旅程結束後，在他往後的人生裡，他總是不斷想起那道光；也總是忍不住想著，或許在那個當下，他所看見的，並不只是那道光。

就讓我們一起喚它美麗的名。
「暮光。」

追極光

晚上十點，我們在住宿地的大廳等候接駁車，今日我們要去追逐極光女神的蹤影。

雨連續下了兩天，終於在下午停了，已取消兩次的極光一日團終於成行。但是，在查看今天的極光指數，以及抬頭看見那片即使沒有下雨、雲層依然厚重的天空之後，我心裡明白，看見極光的機率非常不樂觀。

我祈禱著冰島能給我一份最後的禮物，因為，我們將於後天凌晨離開冰島。今天晚上是最後的機會。

車子一路往沒有光的地方開去，天空中的雲一大片、一大片斷斷續續地出現，大約四十分鐘後，在即將抵達目的地之前，四周突然一陣驚呼，我左手邊沒有雲的一片小天空突然出現了一抹淡淡的綠，而在大約三秒鐘後隨即消逝。雖然只是短暫的三秒鐘，卻極為振奮人心。或許還有機會，我在心裡這樣想著。

最後，車子停在一片偌大的空地上，四周空無一物，車上的人們紛紛下車等待。好冷！我與妹妹不斷跑跑跳跳，試圖讓身體暖和一些。月亮高掛在天空中，四周的雲隨風飄動，天空有時乾淨，有時灰濛。此時人們為了躲避寒風，全都躲在車子的一邊，前方成排架好的腳架，大家都滿心期待能看見極光女神出現在天空中舞蹈。

所有人都望眼欲穿地看著天空，大約過了一個多小時後，陸續有人回車上等待。寒風太過刺骨，雖然只是九月底，但是空曠處的氣溫也已接近零度，真的是太冷了，大約又過了半小時後，我與妹妹也決定上車。

在我們坐回位置上的那一刻，我心底就知道了，今天，是看不到極光的。

一個人，究竟需要耗費多少幸運，才能在冰島上遇見一次「魔幻時刻」呢？想起拜訪冰河湖的那一日，連導遊都曾驚呼：「這真是難得一遇的，一整天的絕妙好天氣！」我想，我們這一趟冰島行的幸運，全部都用在那一天了吧。

但是，其實我一點都不在意，即使這個晚上我們沒有看見極光。

在等待極光時，當我站立於寒風中，抬頭看見寬廣的天空，腦中回想起自己在冰島上的一切時光，在那一刻，我便突然覺得一切都已足夠了。如此膽小的我能平安抵達這個如此遙遠的島嶼，能用自己的雙眼去看這個世界，能用自己的雙腳去感受這塊土地的種種，真的已是太過幸福的一件事情了。

時間流逝，越來越多人上車等待，大約又過了三十分鐘後，車子駛離空地。大家似乎都累了，車上瀰漫著一股沉靜的氣氛，有些人早已閉上眼睛睡著了。

轉頭看見車窗外月光照亮一小片天空，那片天空是很深、很深的藍，是我最喜歡的藍。

再見，總有一天

雨落在窗戶上，我們收拾著行囊。凌晨三點，起身到住宿大廳等待往機場的巴士。

什麼事都不做，即使只是等待，時間也依然流逝。我想我們的生命確實是時時刻刻在失去，值得慶幸的是，在失去的同時，我們也不斷在獲得。

我們不斷獲得新的體驗、新的際遇、新的回憶，不管那一切是哀傷的，還是幸福的，是有意義的，還是無意義的，人生，都因此而完成。

在濃厚的夜色中，我等待著離別，也體會著離別。

回想起人生第一次痛失至親的那日、回想起關於青春的那段歲月、回想起九月一日出發時轉頭揮手的那一刻，是否，我已必須開始好好學習「道別」？因為，總有一日，我也必須向自己的一生道別啊。

更年輕一點的時候，不懂何謂道別，也不懂說謝謝你，不懂說對不起。稍微長大一點後，重新消化當時的記憶，總想著，如果，如果能在最後的時刻，對爺爺說一句：「我愛你，謝謝你。」那麼，該有多好。

然而，時間只能往前。此刻的我們，也只能在心中重新對過去的際遇說聲：「謝謝你，對不起。保重，或許再見，或許不見。」僅此而已。

現在，道別的時候，我喜歡說：「再見。」

「再見，再見。」再見，代表著我們只是暫時分別，總有一天會再一次見面的。

我們一定會再一次相見的。或許明天，或許明年，或許十年，又或許，在另一個世界。

坐在機場的椅子上等待登機，天已破曉，玻璃外的天空亮起，我稍感疲憊地閉上眼睛。

「冰島，再見。總有一天。」那一天，我飛離冰島。那是二〇一五年。

旅途中的歌

旅行的日子，一個人的時刻，我總是聽著歌。

走累了，想家的時候，就聽盧廣仲唱：「我要用我的念力，把地球變成一顆微小星星，不用費力氣就可以，跨越海洋找到你。」

彷彿在夢裡，就可以看見家鄉島嶼。

每當我即將離開一座城市去到另一個地方時，我的眼睛看人潮來去，而我的耳朵就聽宋冬野的〈安和橋〉，聽他唱那句：「讓我再看你一遍，從南到北。」

我也很喜歡看火車緩緩駛離月台時的窗外景物，那畫面從月台邊開始，然後漸漸遠離車站，整段時間不長也不短，剛好我能好好說一句：「再見，總有一天。」火車啊，請帶我離開這裡，然後再一次帶我抵達那個我想去的地方。

而此時耳邊的安溥正唱著：「你要告別了，你把話說好了，你要告別了，你會快樂。」

有一些歌陪我走過許多路，旅行結束後，只要看著歌單，腦中便會浮現旅途當下的風景。偶爾，當我重新播放那份歌單時，我會在腦中挑選一個日子，閉上眼睛，鉅細靡遺地將那天的過程回想一遍。

有時候，在回想的過程當中，原本以為已經遺忘了的、那個幫助過自己的人的臉，突然就想起來了；還有那條你曾經於迷途中走過的蜿蜒石板路，突然又出現在眼前；而那片飛鳥掠過視野邊角的蔚藍無比的天空，彷彿只要睜開眼，就能看見。最後，當歌單播放到《白日夢冒險王》的電影原聲帶時，我就會再一次回到那個翠綠的島嶼。

Of Monsters and Men 在我耳邊激昂地唱著〈Dirty Paws〉，睜開眼，竟發現我正在巴士的座椅上搖搖晃晃，就在那條綿長的冰島公路上。公路兩邊連綿的草原直至遠方地平線，綿羊散落其中，而夕陽的光照在我臉上，那光是那麼火紅，紅得那麼耀眼，彷彿永遠都不會消逝。

沒有地址的明信片

我與妹妹在法國巴黎分別，她搭上往阿姆斯特丹機場的列車，而我則再一次回到亞維儂。

在等待火車的那段時間裡，我提筆寫下要寄給妹妹的明信片並寄出。但我卻在火車發動後突然想起，我忘了將地址寫上。唉，多麼任性的我，自顧自地把話說完了，卻沒有給它傳遞的方向。

它注定成為一張流浪的明信片。

「與妳分別後，在等待火車的時候寫下了這張明信片。

我看著人來人往的月台，好像看著人生。

月台上的人們或許相遇、或許別離、或許擦肩，

但終究必須搭上那班離開此地的火車。

有人在此等待，有人在此送別，有人則堅強獨行。

來來去去的月台上，沒有人永遠停留。
而我，也要離去。
2015.10.15 Paris」

終點

「我以為多年後列車將到達並永遠留駐最遠的北極
一覺醒來它卻停在亞熱帶車站內空無一人但有一池睡蓮
那麼多地名的地球也常有無處可去的心慌
那麼多地名的旅程也無法治癒生命的荒涼」

——羅智成〈終點〉

夜晚，威尼斯單人房中，窗外偶爾傳來陌生人的笑鬧聲，巷弄蜿蜒，行人們都要回家，而埋在棉被中的旅人卻失眠了。

他想著，這些日子以來持續在不同的地名中移動，不斷相遇然後不斷道別，一次次對景物感動後又再一次歸於平靜，為什麼，這一切想來，竟突然感覺有些索然無味呢。好像偶爾都會有這樣的時刻，突然對一切都感到無聊。

旅人腦子便開始胡思亂想了起來。「如果說，我在一瞬間中就死去了，這一切還能有什麼意義？」他想著自己，一個人在離家如此遙遠的地方，沒有人知道此時此刻的他在哪裡，正在做什麼，想著想著，竟悲傷了起來。

旅人腦中的思緒如一波一波的浪潮，輕輕拍打著靈魂的沙灘。突然在一個轉念之間，他的心卻又變得無比澎湃。

「這些日子的行走，行走所留下的痕跡，我一定要寫下來。我必須要寫下來。寫下來，這一切才有意義。」

旅人目送著夜晚逐漸遠離，開始想像自己前進的背影，那背影在腦裡漸漸變得無比清晰。那背影，走向風，走向海，走向那個最深、最寧靜的角落，那裡有一扇窗，在即將黎明的時刻，看得見陽光破曉，而窗邊有一張書桌，伏案書寫後的他猛然抬頭，看得見夜空滿是星斗。

所有的經過都是風景——記緬甸

那些充滿顛簸蜿蜒的時光，我們騎著電動機車駛過手機地圖內不存在的紅土小路。紅土小路在滿布荒煙蔓草與古意塔樓的遼闊土地上，有如樹根般向四方延展且彼此交錯。而人們則如樹根吸收的水分一般，在其中不斷流動。

我喜歡紅土小路的原始自然，喜歡它的不甚方便卻充滿生活感，每當我穿梭其中，總能感覺歸屬。彷彿我也成為了大樹的一部分，再也不是一個來自異地的旅人，而是與其他擁有黝黑膚色的孩子們相同，都是這片大地的孩子。

我們恣意騎行在小路間，想停下即停下，想轉彎便轉彎，我從不介意迷路於其中。不過，嚴格來說，或許也不能說是「迷路」，因為，我們本來就沒有方向。

我非常喜歡像這樣的旅行方式，不管我如何選擇，每一條路都會為我帶來一種新的風景。

我在紅土小路上遇見一個賣畫的男孩，我們一起欣賞了這趟旅程中最美麗的日落。

男孩帶領我們抵達一座較高的塔樓，我是那麼喜歡將紅土大地染成一片金黃的日落時分。遠方夕陽逐漸隱沒，我們與來自世界各地的人們，或坐或站地一同凝望著遙遠的地平線。

直到現在我依然記得那個賣畫男孩的名字，也記得在我們分別之前，我向他買了兩幅畫。我以那兩幅畫紀念他那逐漸渺小，最後終於消失在道路盡頭的背影，以及這片紅色大地上黝黑的孩子們那既世故又純真的靈魂。

紅土道路上的風沙總是流動，草木總是搖曳。我流連在小路間好幾個日子。

那段時間裡，我途經了太多即使曾經真實走過，但只要離開後便再也無從記憶的小路，也遇見過太多即使曾經赤腳走入其中，卻早已記不清模樣與名字的佛塔。

一路上，我只是不斷地經過，停留，再經過。一座又一座的佛塔不曾是我們的目的地，我們的旅行僅只是漫遊，漫遊才是旅行本身，終點永遠不會是一個地名，而是一個時間。

日落後，就回去。僅此而已。

你說，像這樣僅只是不斷移動的旅行，有什麼意義？

然而，人生不也是如此嗎？已知的僅有名為死亡的終點，生命旅途上的風景則永遠無從預期，我們只能往前走，時間也只能往同一個方向不斷流逝，那些曾經走過的人生、曾經遇見過的人，在漫長的時光中我們又如何完全記得？

那麼，你說，難道像這樣的一趟生命旅途，也是沒有意義的嗎？

我想說不是的。不是這樣的。

即使早已遺忘了曾經遇見過的佛塔，即使無從再一次回到那條風沙滾滾的小路上，即使此生不可能與賣畫的男孩再一次相見，但是至少這一切在我的生命之中，都是真真實實地存在過的。

我相信，旅途中一切的相遇與發生，都會是那個當下的累積，即使我們離開了那個當下，即使後來遺忘了那個當下，曾經真實發生過的一切，依舊會以一種自身難以察覺的方式，悄悄地留在你的靈魂之中。

旅行的意義在於經歷過程，不須執著於目的地。在路上，一個旅人要任命運如此經過，不管它將為我們帶來什麼，也不管我們未來會記得或是遺忘。真實的旅途如此，生命的旅途亦是。

驅車繼續往前，電動機車車輪不斷揚起陣陣紅土，我們的身體也隨著坑坑窪窪的路上下顛簸著，而那揚起的紅土則隨風四方飄揚。

時間從日光燦爛到太陽西斜，再到我們飛離這片紅土大地，你看，旅人那原本乾淨潔白的衣裳，早已沾上了異鄉大地的泥土，而旅人那彷彿要融化在日落金黃中的影子，則非常悠長地、深刻地烙印在他的靈魂之中。

一個總在遠行的孩子，沉迷於背負著不知道路盡頭通往何方的命運，但是，到了最後，孩子總會發現，宇宙帶人們走上的，其實都是同一條路。

如今憶起，原來，當時我在那片紅土大地上所遇見的每一座佛塔，其實都是一個斑駁卻始終永恆的答案。它是要讓我明白，旅途中的所有經過，都是風景。最美麗的風景，都在路上。我們只需要，經過，再經過，再經過。

無人車站

距離我跳上那輛單節列車已多年過去。

那一年，我與妹妹在楓葉初紅的季節出發，以鐵道為主要交通工具，旅行了北海道一圈。當時的我，非常著迷於無人車站那彷彿天涯海角的孤獨氛圍，也因為如此，「探訪無人車站」便成為我這一趟旅行最主要的目的。

那是一次節奏非常緩慢的旅行，我花了非常多的時間在移動與等待上。同時，我也在那無數車窗風景中，看見了我最難忘的，北海道的模樣。

搭上火車，綿長的鐵道線穿越遼闊大地，光影映照在我臉上，隨著窗外風景變換而改變自身，形狀變幻莫測。同時山巒、河流、田野、大海、小鎮，彷彿被製作成無數張風景幻燈片一般，在我的車窗上持續重複播放。轉頭看向前方，才發現，在這搖搖晃晃的車廂內，竟也有另一種風景：現在的旅客、未來的遠方、過去的行囊。

單節列車緩慢行駛，每日於各個小站間來來回回。通常會利用這種地方鐵道線的，都是生活在當地的人們，而他們的生活也是我的風景。每當有人下車，我的視線總會不自覺地跟著他們的背影穿過月台與出口，同時一邊在腦中想像著，他們將去往何方。

車廂內，只有我與妹妹一直盯著窗外。這兩個奇怪的旅客，總是在什麼都沒有的地方下車、在什麼都沒有的地方不斷按快門。

遼闊的北海道人口密度極低，在公路高度發展後，汽車便取代了鐵道。鐵道的使用人口越來越少，許多車站遭到裁撤，也因此讓北海道擁有如繁星般數量的無人車站。

那些無人車站有的在田野間，有的在僻靜的村落旁，有的在大海邊，有的則孤獨存在於曠野裡。它們在漫長的時光中，獨自佇立於同一個地方，稀少的旅客偶爾到來，那些來來去去的生命隨著列車抵達，也隨著列車離去，世界之於無人車站是永遠在流動的，而唯一不動的，只有車站本身。

無人車站為偶爾到來的旅客遮風擋雨，為他們在黑夜即將來臨之際，點上一盞暈黃的燈，最後，列車進站後，它便目送他們離去。像這樣，既溫柔且孤獨的無人車站，對我來說，就是一道最美的風景。

在那次的旅行中，我最喜歡的一段時光，發生於一個晴朗的午後。我們抵達一個擁有白色箱子般候車室的無人車站，那一站，只有我們下車，走上月台，出現在眼前的是一片閃亮的海。

時光的重量，有時重如泰山，有時卻輕如鴻毛。如今憶起，竟覺得那一個車站，已離我非常遙遠，遙遠到似乎從來不曾抵達。又或許，那一切真正讓我難以忘懷的，從來就不是物件與景象，而是那種去到無名之地，將自己拋入未知旅途中的流浪感。

抵達之前，不知道那裡有什麼；抵達之後，亦是。

走下車，一片海、一條已停止運行的鐵道、一個再也沒有旅客的月台、一個無人等候的車站。環顧四周，只覺得一片荒涼。隨意四處走動，很迅速地便看完附近的風景。

走入候車室，坐在椅子上寫明信片，同時留下一段文字於候車室的布告欄上。寫完後，無事可做，索性直接坐在月台邊，靜靜聽海浪聲響。

我正放肆地揮霍著旅行的時間。

為了一個無名之地，我飛行千里，換乘許多列車，最後終於搖搖晃晃地抵達。然而，此時此刻，我唯一能做的事情，竟只剩下「等待」。我花費了無數時間卻只換來等待，而這一切更讓人無法理解的是，我一點都不覺得浪費。

因為，「等待」這件事，就是我所認為的，鐵道旅行的本質。

日本的JR鐵道公司，每一年，都會發行一種名為「青春18」的優惠票券。那張票券可以在固定的天數內，無限制搭乘全國JR線上所有的普通列車。

某一年，青春18的宣傳海報上，印了這麼一句宣傳標語：

「這張車票是送給，擁有比『早點抵達』還要更重要的東西的人。」

我想，這一切對我來說，就是那個「更重要的東西」。

等待抵達你所渴望的遠方，等待見證未知的異鄉將以何種模樣向你開展自身，等待告別旅行地的時刻來臨，等待回到那個永遠都準備好迎接你的家鄉。

鐵道旅行，在列車的每一趟離去與抵達之間，我們所擁有的一切企盼與渴望，都存在於「等待」之中。經歷「等待」，感受「等待」，便是我此趟旅程中，最重要的意義。

然而，若你問我，每一次的等待，到最後是否都值得？我只能告訴你，所有經歷過等待而得到的結果，即便不是最好的，但至少，它們都是真實的。

你說，這世界上，還有什麼東西是比真實更為完美的？

雙腳懸空搖晃，燦爛的陽光讓我瞇起了眼，旅行的風悠悠遠遠的。

此時世界非常安靜，並非萬物無聲的那種安靜，而是心靈上的安靜。大海閃著耀眼的波光，那一刻，身處於一個連自己都不明白為什麼要來的地方，我竟感覺非常、非常地舒適與快樂。

我覺得一切都變得非常純粹。我想，我可能輕輕地笑了，在那樣的當下。

生命裡，偶爾會有這樣的時刻吧。就突然想著，或許，自己再也不需要其他更美的風景。

車窗風景

搭上開往克羅埃西亞列車的那個早晨，布達佩斯下了一場大雪。

我從住宿地推開大門，迎面而來的是被雪覆蓋的街道。跳上電車前往火車站，抵達後挑選了靠窗的座位，準備再一次開啟跨越國界的鐵道之旅。

列車準時出發，此時雪越下越大，待列車駛出城市，奔馳於市郊時，車窗外的廣闊原野與森林已被皚皚的白雪所覆蓋，形成一片無盡的雪白。

無窮無盡的雪白，讓我突然想起那一年的北海道旅行。沒想到自己竟會以這樣的方式，與曾經渴望看見的畫面相遇。

二〇一六年，我計畫了一趟以鐵道為主要交通工具，繞行北海道一周的旅程。在出發之前，我因為參考他人分享於網路中的遊記，無意中看見了一張讓我至今難以忘懷的照片。

那張照片中的畫面是旭日初升，一輛列車正向某個目的地行駛，車窗外的風景是與此時相同的，一望無際的雪白。照片裡，那看似極為冷冽的氛圍，我卻在其中感覺到某種難以解釋的溫暖。我想，那或許是因為在照片之中，有一道黎明的光直直穿透了列車車窗。

而那道黎明的光，必定在我看見照片的那個瞬間，就直接跨越了時間與空間，抵達我的內心深處。只因，從那一刻開始，我的內心就極其渴望著，想要以自身雙眼見證那樣的畫面。

此時窗外風景極美，在安靜的車廂內，我開始幻想著，若將我的雙眼變成飛鳥的雙眼，那麼現在我眼中所見的畫面，應是一輛長長的列車，孤獨行駛在白色大地上。

那一隻向下俯瞰的飛鳥，心裡想必正思考著，這輛列車最後將停駐何處呢？

列車上的人們，有誰為他們送行，有誰正被等待？其中是否有人頭也不回地向世界走去，有人正思思慕慕地回到故鄉？

當人們搭上同一班列車，列車上所有的生命看似交會於同一個點上，然而，即使是僅僅距離你十幾公分，並且持續數個小時的鄰座之人，不會、也不可能真正互相參與彼此的生命。在列車前行的那個當下，或許有無數精彩的人生故事正在上演、正被訴說，但是，真實身處於那一刻中的我們卻永遠不得而知。

實際上，所有身處於同一輛列車上的人們，其實只是彼此生命鏡頭中，那被套上景深效果後的模糊背景。想來不免讓人非常感傷，但也正因如此，搭車時的我，總是無法停止幻想。

每當列車緩緩進站，我喜歡偷偷觀察人們下車以後的表情，看著他們向外走去的背影，便不自禁地開始想像起，他們即將前往何方、又要回歸到怎樣的生活裡去。

若現在列車停靠的是一個靠近海邊的車站，同時有一位穿著西裝的男子獨自下車，那麼，我似乎能看見他於青春時期在海邊與朋友一起自由奔跑的背影。而在我看見那個背影的當下，同時也看見了，在不久以後的將來，那些與他一起在海邊奔跑的朋友都離開了這裡，大家都去到其他城市開始各自的新生活。同時我也知道，他們即使完成學業，也不會再回來了。

我想，他必定曾經獨自行走在海邊街道，轉頭看見那顆溫暖閃亮的夕陽之時，就突然回憶起當年還是孩子的自己與朋友。他想起那一天，一群孩子一邊聽著海浪聲一邊高聲談論著未來。而此時在夕陽光芒的照耀下，他勾起嘴角輕輕地笑了。

「突然好想喝一杯啊。」

只因，他同時也想起了，十八歲那一天，那一瓶大家相約好的，即使必須蹙著眉頭也要全部喝下的、代表長大的、生命中第一口苦澀的啤酒。

我明白，我於車窗中看見的每一個人，他們都擁有自己的故事，我也知道，存在於想像中的故事情節，必定有人曾經真實經歷。而我也無比確信，每一班列車都確實承載著無數緣分。只是，這些緣分並不是乘客與乘客之間的，而是乘客與列車之外的人們的。

倘若你也想感受這一切，你只需要在列車離站之時，或等待列車進站之時，仔細觀察月台上的人們即可。

那些對著列車內的某人揮舞的手、那些為即將遠行之人所展露的笑容與眼淚、那些無法化作言語的或深或淺的擁抱，在這一切之中，所傳遞的愛與思念，必定，都會在你的眼前展現。

此時火車突然靜止在一個四周極為荒涼的車站，我停止了我無邊無際的幻想。轉頭看向車門，有人拉開車門走了進來。原來是負責海關業務的警察。

警察兩兩一組，看起來非常有威嚴，我與旅伴乖乖一起遞出護照，他們沒有多問什麼就在護照上蓋了章。取回護照後，我立刻查看剛剛蓋下的印章，哇，居然是一個火車圖樣的出境章，在我又驚又喜的當下，又有另一組海關警察進來，為我們的護照蓋下入境章。

待海關警察完成所有的業務後，列車重新出發。最後再一次轉頭看向這個我記不起也念不出名字的車站，想著，這或許是我這輩子唯一一次的拜訪……但此時不必感傷，我當然明白，旅程的開始即代表一連串的告別；所有緣分的起始，也必定存在著與之同生的終結。

列車開出車站，車窗重新為我們帶來每分每秒皆不相同的車窗風景，我看著窗外想著，即使每一幕車窗風景都只存在一瞬間，但至少，這一切都是真實存在過也真實發生過的。

我深信，這世界所有的發生都有它的意義，即便生命中的一切相遇最後都要告別、都要遺忘，這一切也會以不同的模樣，在我們的生命中留下即使微小，卻清晰可辨的痕跡。

我們所凝視的每一片車窗外，都有一種人生；我們乘坐的每一班列車，都承載緣分；我們遇見的每一片風景，都是瞬間且永恆。

我清楚明白，我不可能記得旅途中的一切畫面，但是，對我來說，所謂的「微小卻也清晰可辨的痕跡」就是現在我所寫下的每一個文字吧。

一個人的京都

一個人的京都旅行，我搭上叡山電鐵，開啟屬於自己的一日鐵道旅行。

第一站於一乘寺站下車，走進惠文社，即使店內都是讀不懂的日文書，但書的氣息依舊讓人感到愉悅。我非常喜歡觀賞日本書籍的裝幀與排版，它們總是能精美到讓你即使讀不懂也想買下。

在店內以緩慢的節奏走走逛逛，陳舊的木質地板於腳步起落之間發出微微聲響，陽光從透明的窗戶灑落其中。你知道嗎？書店總會有一種特有的氣味，那種氣味，我想只要是習慣逛書店的人都會懂。

離開惠文社後，繼續散步到燕子食堂，吃每天都不一樣的午餐定食。定食是我最喜歡的日本食物，分量剛好的主餐配上各式醃漬物、白米飯、熱湯，光是擺在眼前就讓人覺得豐盛滿足。今天居然還有販售我最喜歡的起士蛋糕，我便一起點了熱紅茶，獨自享受了一段美好的午餐以及餐後的午茶時光。

滿足地離開燕子食堂後，再一次跳上電車，去到鞍馬山。

在日本的傳說中，鞍馬山是天狗的故鄉，而我今日的目的地是鞍馬寺。鞍馬寺的環境清淨，流水潺潺，山林蓊鬱，我沿著參拜道路一路蹬著階梯爬到鞍馬寺的最高點，流了一身汗，感覺很過癮。登頂後於主殿旁的休息亭內小憩，感受著風，感受著綠意。

京都真是充滿魅力。悠久的歷史孕育出獨特的京都文化，然而在古樸之中卻又帶著剛剛好的現代感，並且只要一離開鬧區，一下子便能抵達療癒人心的自然世界。難怪總有那麼多的旅人一而再再而三地重回這個城市。

待風吹乾了汗溼的身軀後開始下山，運動了一圈剛好將午餐消化完畢，回到鞍馬車站後立刻搭上前往鞍馬溫泉的免費接駁車，準備好好地舒緩一下這幾日身體因為四處行走而累積的疲勞。

熱騰騰的溫泉水讓身與心都一起放鬆了，腦中無法思考什麼人生大事，只能一邊泡一邊妄想著，如果家裡旁邊就是大浴場該有多好，我一定每天都去。泡完溫泉後，一定要買一瓶牛奶來喝。這是屬於我自己的儀式。當我喝完那瓶牛奶，一整日的行程才正式畫下句點。

傍晚時分，電車外天色已暗，電車內當地人與旅人交錯而坐。這是一個如此平凡的日子，沒有壯麗風景、沒有扣人心弦的際遇，我卻依舊非常地開心。

旅行應該要有千萬種模樣，而原本應該是搖搖晃晃的顛簸旅途，當然也能以極為貼近生活的方式來完成。像這樣，試著在旅途中實現自己理想的日常生活樣貌，也不失為一種能細細品味一個城市的旅行方式吧。

搭上火車去海邊露營

夏天，我搭上那一班台鐵三七一次，早上七點從彰化出發的自強號列車，一路往台東去。

五個多小時的時間，從島嶼西邊到東邊，在搖搖晃晃的車廂中感受亞熱帶島嶼上難得的長途鐵道車程。

很多時候，我的腦裡總會冒出許多想像：一個人去山上住是什麼感覺？一個人去環島是什麼感覺？一個人去海邊露營是什麼感覺？從我心中不停冒出的這些問句，就會成為我再一次踏上旅途的契機。

當一個人在心裡出現某種渴望與嚮往之時，我認為那就是宇宙開始呼喚他的時刻。你要相信這宇宙必定安排了什麼在你的渴望之中，而你也必須要去回應這個呼喚才能真正明白這一切。你是否想過，為什麼我們只會對某幾個地方產生強烈的渴望？

你該知道，這世界有千千萬萬個地名。

而我這一趟出門，是為了想知道，一個人去海邊露營是什麼感覺。所以我收拾了行囊，搭上往台東的火車。

「一個人露營有什麼好玩的？」出發前曾有人這樣問我。

就如同我之前旅行過的其他地方，也曾經有人這樣問過我：「那裡有什麼好玩的？」當時的我還認真回答他：「那裡可以看山、看羊、看海啊！」接著那個人對我說：「這些台灣不是都有嗎？幹麼要跑那麼遠去看。」

從那一次以後，我便不太直接回答關於「那裡有什麼好玩」這類型的問題。因為我發現，我在旅途中所看見的風景，永遠無法對另一個人清楚形容它的美麗，同時我也確信，每個旅人在旅途中所遇見的風景都是不一樣的，一個旅行地的魅力只有在真正抵達那裡後才能體會。

「就是因為不知道那裡有什麼好玩的，所以我才去啊。」後來的我都是如此回答。

為了這一次露營之旅，在出發的幾週前我新購入了一個我觀望已久的、六十五公升的外架式登山包。雖然它的性質並不是非常適合台灣的山岳，但是我還是因為它復古雋永的外型而決定購入。

出發的前一天我開始打包行囊，從置物櫃中拿出那個我兩、三年前就已購入的單人帳篷，當時的我會購買它是因為想開始露營，但是出乎我意料之外的是，在那之後我的朋友們也剛好迷上了露營，後來就變成大家一起使用一個五人帳篷，而這個單人帳也就因此束之高閣了。

這一次你終於能適得其所了！我一邊在心裡高興地自言自語，一邊將帳篷的內外帳整理好，收進包包下層，營柱則放在背包的主袋裡。

我坐在地板上一一清點裝備，睡墊、輕量折疊椅、輕量折疊小桌、登山用的小爐具、折疊小刀、餐具、杯子、輕量茶壺、頭燈。睡袋捨棄，因為考量到夏天的晚上依舊炎熱，所以只需要帶一條很輕薄的大披肩，除了當被子外也能在騎車時用來防晒。

奮力將所有裝備與行囊統統塞進背包後，那背包的巨大尺寸讓我不禁開始煩惱，明天要如何將它塞進火車的座位之中。

三七一次自強號準時出發，行經枋寮站之後，列車便正式進入南迴線。南迴線大部分的路段都在山中，所以南迴線上總共有多達三十六座隧道，接著來到南迴線的後半段，鐵道線從大武開始便一路與太平洋相伴而行，一直到列車轉往知本的方向後才與大海分道揚鑣，往縱谷的方向延伸而去。

南迴線是我最喜歡的鐵道線，沿途充滿原始的風景與杳無人煙的車站，同時列車在忽明忽暗之間穿越各個隧道，最後車窗迎面而來一片閃亮蔚藍的太平洋，初見時那畫面帶給我的驚喜、那種旅程彷彿豁然開朗的感覺，依然在我心底珍藏著。

除了搭乘快速車之外，若想真正擁有一次充滿原始復古風情的南迴鐵道之旅，就不得不去體驗一次，那輛一天只有一班，從枋寮發車最後止於台東的三六七一次「藍皮普快車」了。

藍皮普快車的車廂沒有冷氣，只有頭頂上那老舊的電風扇。電風扇嗡嗡轉動，額頭上的汗水沿著臉頰滑落，屁股下老舊的椅子隨著車廂晃動發出各種細微的聲響，轉頭向上推開窗戶，讓自然風吹入，此時鼻子會聞到些微機油味，而在列車駛入隧道時，整個車廂會被轟然巨響圍繞，待列車駛出隧道後又歸於平靜。

像這樣，在現今社會已難以體驗到的充滿復古風情的鐵道，說什麼也要好好感受一次。

列車進入台東縣後，車廂內的到站廣播會出現一種在其他鐵道線不曾聽過的語言，那是原住民阿美族的語言。每一次聽見阿美族語的廣播聲響起，心中便升起一股即將抵達台東的興奮感。

經過了睡一覺、看一本書那麼長的時間後，列車終於抵達台東。出站後我開始認真思考該用何種方式抵達都蘭。最後考量背包尺寸，我決定搭公車。

抵達都蘭後，我在艷陽下用了大約十五分鐘的時間從公車站牌走到露營地，然後在這短短的十五分鐘之內，我就已被汗水溼透全身。想到如果我每天這樣走路來來回回、可能真的會有熱死的生命危險，立刻決定將行囊丟在營區，走回公車站再一次跳上公車，回到火車站去租機車。

因為這幾天剛好遇到連續假期，沒事先預約的我能選擇的機車款式已所剩無幾，最後我順利得到一台名為「Sweety」的桃紅色機車。興高采烈地跨上機車，戴上極為陽春且一眼就知道你是觀光客的小西瓜皮安全帽後，用力催起油門向前奔馳而去。

騎著我的小 Sweety 準備重新回到都蘭，頭髮與衣服迎風搖擺，經過了早上到現在幾乎一整天的奔波，我終於再一次真正地回到這條藍色的海岸公路。騎進小路、抵達營區後，營主看見我便笑著說：「嘿啦，騎機車真的比較方便啦！」

停好機車後我開始在營區最角落的地方紮營，一點一滴築起我這幾天的家。這是一個在海邊的營地，走幾步路望出去就是遼闊的太平洋，而遠方的海平線上，一座綠色島嶼永恆佇立，那是綠島。

黃昏時分，於帳篷前架好椅子稍作休息，夕陽從都蘭山後緩緩落下，這裡的黃昏景色與我家鄉小村的截然不同，夕陽不曾沒入海中。我看著眼前遼闊的天空，聽著海浪拍打陸地的聲響，我知道再過一小段時間，月亮便會從海上升起。只可惜今天不是滿月，否則在夏季滿月之時，月光會照亮海面，而那一片閃著銀白色光芒的海，它擁有一個非常美麗的名字，叫做月光海。

我趁著天色尚未全黑，再一次跳上機車，準備到外面大馬路上的超市買一些食材。站在生鮮櫃前徘徊，每一次需要自己下廚的時候總是感覺黔驢技窮，這幾年出外旅行的經驗累積下來，唯一能說出口的大概也只有「擅長用鍋子煮白飯」這件事而已。

採買完後，我就著頭燈的光，在那張長約三十公分的小桌子上做晚餐，想到一個人即使煮得很難吃也無所謂吧，頓時感覺輕鬆自在了起來。

在我帳篷前方不遠處，營區外有一小片草地，那裡被規劃成觀海區，稍早之前已有幾台改裝成露營車的廂型車停在停車場中，車邊搭設了小天幕、桌椅，一小群人正一起吃著飯、聊著天，愉快地享受著他們的週末夜晚。

此時星星點亮夜空，海風微微吹撫，我在山海之間的腹地感受著屬於自己一人的夏天夜晚。煮了一壺茶，癱坐在椅子上看看手機、看看海、看看星星、發發呆，耳邊不時傳來其他人的談話聲，還有遠處的音樂聲以及海浪聲，突然間我覺得在一個不完全寂靜的地方露營似乎也不是一件壞事，四周有剛剛好的聲響，而我可以自己決定是否要與他人更深入地交談，又或是一直保持全然的沉默，像這樣能以自己的意志，來自由決定要與世界保持何種距離、要讓心處於何種狀態，真的讓我覺得非常舒服與自在。

「一個人露營這不是非常非常地開心嗎！」我在心裡這樣吶喊著。

收拾好東西，洗完澡後便鑽進帳篷內，將頭燈掛在帳頂的掛鉤上，帳篷內立刻像一座明亮又溫暖的太空艙，而從帳外看，這就是一台航行在台東小宇宙的飛行船了。

我在微微聲響中睡去，半夜又突然醒來，起身拉開帳篷走出去，才發現四周燈皆暗了下來，整個營區也歸於寧靜。上完洗手間回來後，一抬頭便發現此時天空星光燦爛，我獨自站在星空下欣賞夏日星夜，心滿意足後才再一次鑽回帳篷裡沉沉睡去。

天亮，被太陽熱醒。

拿起手機一看，早上六點三十分。啊，真是讓人哭笑不得。走出帳篷後，一片蔚藍的海對我說早安，那畫面讓被清晨太陽強制叫醒的我也承認了，這確實是一個美好的早晨。

接下來的兩天，我大概都維持著一樣的生活與作息。早上被太陽熱醒、吃飯、出門、吃飯、睡覺，而在最後一日，因為連續假期結束，整個營區都空了。這天的傍晚下了一些雨，我在海岸公路邊的一家泰式陶鍋店享用豐盛的晚餐，老闆看我一個人便與我小小聊了起來，在我吃完要離開之際，雨停了。

入夜後雲尚未散去，晚上洗完澡後，我戴上頭燈閱讀今天在市區的書店買的書，結果因為那本書太過有趣，讓我不小心一口氣讀完了它，總共花了多少時間我不是很確定，我只知道，在讀完書後的一個抬頭，映入眼簾的是一片清澈無雲、有星星閃耀的夜空。

這一晚我有了一次非常棒的睡眠，像這樣在山海之間的簡單生活，短短幾天就讓我感覺身體與心靈都被治癒了。

「一個人露營有什麼好玩的？」

我決定當下一次有人這樣問我，我要給他一個極為肯定的答案。

「拜託，超好玩好嗎。」

我要對他傾訴我所感受到的自由之感，我要與他分享我在海邊閱讀的美好體驗，我要向他形容早晨的海、下午的海、晚上的海有何分別。當然，我還會告訴他，請他必定要搭乘火車去。

「當你準備離開西邊往東邊去，你要先利用五個小時的火車車程來整理自己。請試著慢慢清空你的心。」

「為什麼要？」

「因為，那裡即將要讓山與海進去。」

「做得到嗎？」

「放心，車窗外的風景將會幫助你。」

夏天，搭上那一班台鐵三七一次，早上七點從彰化出發的自強號列車，一路往台東去。

旅途中的歌——歸鄉

旅行的時候最好別聽陳昇的歌。

「風裡有母親的呼喚／回來了迷失的孩子
我的故鄉她不美／怎麼形容她
我的故鄉她不美／要如何形容她」

二〇一五年十一月底，我結束了人生中的第一次長途旅行。從出發的那一日算起，已三個月過去，回家的日子即將到來，而十一月的倫敦竟已是那麼寒冷、那麼黑暗。

踏上飛機的那一刻，聽見機艙內的音樂，內心突然激動了起來。〈望春風〉

的旋律淡淡的，「回家」這兩個字突然變得好有真實感，當時飛機尚未起飛，我卻彷彿已觸摸到家鄉島嶼的一角。腦中想起那一片離開時還是新綠的稻田，現在，必定已是收穫後光禿禿的模樣吧。

飛機經過漫長的飛行，飛越整片歐亞大陸，飛過寒冷與溫暖，飛過白天與黑夜，終於，環抱著家鄉島嶼的海出現在眼前。

凝望著窗外，島嶼越來越近，旅途中，我見過比這片海更加蔚藍的海，也見過比這個島嶼更加翠綠的島嶼，還見過更多更多，在這座島嶼上找尋不到的美麗風景。但是，為什麼呢，即使如此，卻沒有任何一個地方，比這座島嶼更加讓我思念。

飛機破雲而出，緩緩降落。我回家了。來自島嶼的孩子經歷遙遠的飛行，終於回到了這座亞熱帶的家鄉島嶼。踏出機艙，空橋上那潮溼的空氣包圍著我，我感到懷念。走入機場，看見熟悉的文字、聽見熟悉的語言，過去不曾有任何一刻像現在這樣，讓我感覺它們竟是那麼樣地美麗。

是否，人總在向外追尋的道路上，才能真正看清，身後那條通往家的道路是什麼模樣？是否，旅人總在抵達異鄉的土地後，才會真正發現，原來家鄉的泥土竟是沾染於靈魂之上？

如果，如果真是如此，我們總在離開歸屬之地後，這一顆心才會真正屬於歸屬之地，那麼，究竟有哪一種人生、哪一種旅途，不會感覺自己總在流浪？

「歡迎回家。」海關他這樣對我說。

高鐵一路向南奔去，車廂中的我於搖晃中回首過去三個月的顛簸時光，離去，抵達，回家，這一切就是旅行嗎？

答案是否定的。旅行並不是離去、抵達、與回家本身。對我來說，旅行，是離去與抵達之間、是抵達與回家之間、是回家與離去之間。

而旅行的時候，最好別聽陳昇的歌。

因為陳昇的歌，總是讓人太過想家。

「一如我昨天離開她／她沒有說話

一如我今天走向她／她沒有說話
夕陽下的稻花都開了／晚風習習的吹
風裡有人呼喚我／回來了貪玩的孩子」

因為那是同一片海

因為那是同一片海，有與我家鄉相同的氣味。

威尼斯，水上巴士與黑色貢多拉在運河中穿梭、彼此交錯。乘上船，開始一趟幻想之旅。

我想像我正在銀河中旅行，四周那些散落的島嶼，是星子的排列，而每當我抵達一座小島，就像登陸一顆星球一般。下了船，在陌生的星球上散步了一整個下午，卻始終沒有遇見同樣也在宇宙間旅行的小王子，如果有機會，我多麼想向他打聲招呼，並且與他同行一段路途，一起聊聊旅行的種種。

時間流逝，當海平面上的夕陽已完全消逝時，我再次回到水上巴士站，坐在堤岸邊，等待渡船的到來。此時天空被夜色浸染，轉變成濃烈的藍，那種藍，是深邃到有如黑色的藍。而與藍同時存在的，是一道橘紅色的光芒亮晃晃地橫掛在我的視線遠方。環顧四周，這已是一個被暮光籠罩的世界，我靜靜地感受著日與夜交接之時的溫柔氛圍。

凝望著海平線，原來全世界的暮光都是那麼樣地相似。突然間，我想起家鄉海邊那一座座於夕陽餘暉中轉動的風車，想起夕陽的光於退潮的沙灘上鋪設成一條金黃色的大道，也想起我在海風捲起沙子的岸邊小路上慌忙閃躲，以及，每一次當我背對著海離去之時，從機車後照鏡中看見的那道，彷彿正在向我告別的暮光。

那是我家鄉的海。我感覺想家。

威尼斯聖馬可教堂前，鴿群總是占據廣場，我想鴿群也有家，也有一個可以歸去的地方。你說，即使是擁有翅膀的牠們，也早已忘記該如何流浪，又何況是我們這樣的肉身？

一個被島嶼餵養長大的孩子，不管是離家或是回家，總是要先飛越一片大海。他總是要真正看見圍繞著島嶼的水波，才會有遠行之感。所以，當他於異鄉的土地上看見大海時，總會想起那個在大海另一頭的家。

你說，一個如此長大的孩子，如何能真正離開那座島嶼、那片大海？我們都曾走上一條背對家的漫漫長路，長路上我們不斷行走、闖蕩，直到某一天，當我們停下腳步休息時，一回頭才發現，原來，這條路我們居然已走了那麼遠、那麼久。然而，即使已經過太多無法計數的時間，即使已走過無數難以衡量的距離，即使如此，只要我們回頭眺望，卻總能望見家鄉島嶼上，那棟小屋仍寧靜佇立，仍為你點亮微微光明的燈火。

我也與你相同，回頭的那一刻就突然明白了，自己再也不可能真正離開那座島嶼。時間與距離永遠帶不走養育你的根，海風吹撫，燈火搖曳，那棟屋宇，即使你不在那裡，它仍時時刻刻為你守候，仍時時刻刻準備好迎接你滿身的風霜。

船來了，搖晃的船身像顛簸的旅途，而它即將停駐的港口沒有等待我的人。

這艘船不能帶我回家。甲板上，旅人的背影彷彿逐漸融化在夜色之中，而思念的話語，將它留在風中。

我想，因為這是同一片海，有與我家鄉相同的氣味。

所以，我才那麼想家。

在遙遠的旅途中

「不管按怎笑按怎哭按怎眠夢，永遠的永遠我是彼個人。」在一趟長途火車中，耳機裡的五月天正唱著〈永遠的永遠〉。

窗外是變換不斷的異鄉風景，你看見車窗映照出自己的臉龐，那張臉竟顯得有些憔悴與疲憊了。你愣了愣，在心裡問自己：「那麼，現在你是哪個人？」若環遊世界是我的夢想，那麼，夢想成真以後的人生，真的會如想像中的那樣美好嗎？

從第一次離開家鄉島嶼旅行開始，已許多年過去。你會不會也經常與我相同，在某些時刻會無聲地問著自己：「這樣不斷遠行究竟是為了什麼？」你總不禁這樣想：是不是自己也與許多人相同，已迷途在無數個地名與地名之間，執著在每一次所謂的「遠行」，卻忘了思索這一切對自己來說，究竟有什麼意義？

看著鏡中的自己，是啊，究竟是為了什麼？

我們四方遊歷，我們見過遠方的大山大水，我們聽過遠方的歡聲鼓樂，而當我們有如凱旋的士兵，背負著行囊與故事回到故鄉以後，當你再次凝視自己的生命，是否，一切已有所不同？我們是否已能得到對生命一切提問的答案？像這樣夢想成真以後的人生，必定是比原本的人生還要更加美好吧？

然而，我想起謝旺霖在《轉山》這本書中所寫的，當他騎著單車歷經千辛萬苦終於抵達了西藏以後，他以為當他真正跨越西藏界線的那一刻開始，世界必定會有什麼不同，但是實際上，在那個當下，一切並沒有什麼改變。

你知道嗎？對於生命，真正珍貴的，或許，從來就不是夢想成真的那一刻。

「環遊世界」的夢想，總是召喚著無數旅人踏上未知的旅途，但是，實際上，一個旅人去過多少個國家並不重要，他是否真正環遊了世界也不重要。真正重要的，是那個旅人在旅途中，究竟是如何感知這個世界的。

對我來說，人生中對於某一件事情的執著、熱情與追尋，並非僅以「夢想」這兩個字就能將其深意完全概括。「夢想」這兩個字的意義，對我來說，其實僅是做為一種，以自己真心喜愛的方式來感知這個世界的入口。

列車中晃動的陽光、平野上寧靜的暮色、眼前一片緩緩飄落的金黃色葉子、路邊一朵獨自盛開的野花、風中搖曳的稻穗、視線盡頭的夕陽、歸鄉的遊子、道路上牽著手的母女、車站裡相擁的戀人……你說，世界的美景又何曾只在遠方？

倘若，一個旅人只能看見遠方的風景，那麼，他必定會迷失在地圖上那些一個又一個數不盡的地名之中吧。

生命的每一分、每一秒，都是珍貴的禮物，世界無處不是美好的風景。而這一切，只在於你那一顆心是否願意看見。

倘若你問我，不斷遠行是為了什麼，我想我會告訴你，我只為生命裡那一片最美的風景。

在這一趟名為人生的長旅中，我獲得也失去，我快樂也悲傷，我疼痛也幸福，我記得也遺忘。我不願道別但是時間只能向前，而我總是捨不得的那一切，最終，也都要捨下。

若你曾與我走上同一條路，看見了相同的風景，並以相似的靈犀來感知這個世界，那麼，你必定也與我相同，發現，原來生命與愛之所以那麼耀眼燦爛，即是因為，生而為人走到最後必定孤獨。而人在這無以逃避的巨大孤獨之前，才懂珍惜，才懂愛。

緣起伴隨的是緣滅，有終點，才有起點。若生命沒有缺憾，便不存在圓滿。搖搖晃晃的列車內，車窗映照著的那張臉，正為了什麼而流淚？是啊，沒有缺憾，何來圓滿？生命中的最痛，即是最美，對嗎？

如果，如果有一個最美的畫面，如果，如果有一片最美的風景，那麼，就是這個了。我生命中最美的風景即是，那個因為明白這一切，而依然拚命笑著、又哭著的自己啊。

四周悄然無聲，只有火車駛過鐵軌發出的輕微聲響。如此漫長又遙遠的旅途，此時火車準備跨越國界，正穿越一片寂靜的曠野。

你覺得這應該是一個該說再見的時刻，卻不知道該對誰告別。一個人遠行真的太過寂寞了。擦了擦眼淚，你覺得你剛剛好像做了一個很長很長的夢。

好的一年

每個年，都是好的一年。

二〇一九年十月，我從另一座遙遠的島嶼旅行回來，幾日過去，我去到高美溼地，在那裡，我看見一次極為美麗的日落。我站立在有點遙遠的高處看成排的風車轉動，亮晃晃的水面反射著落日餘暉的光芒。

回想起那些在遠方的日子，總感覺我心靈最深處的某個東西，那或許是我的一小片靈魂，我覺得它並不在我的身體裡，而是漂浮在另一個非常遙遠的地方。

冰島的風景美得不似人間，我日日在島上的風景中感受前所未有，感受伴隨而來的悸動與幸福，但是，每當我去到曠遠之處，孤身向遠方凝望之時，卻總是看見妳的身影。

是因為我的靈魂遺留在妳那裡了嗎，阿嬤。

旅行回來以後，我便試著將我感受到的一切寫下。剛回來的那幾日，我開始動筆書寫「荒涼手記」。確切來說，是開始將記錄在筆記本與手機內的片段字句動手捻成一條一條的絲線，讓那些散落在字句中的愛與思念、孤獨與悲傷彼此交織，成為一張完整的網子。

我在我們不曾一起抵達的風景中刻畫妳的身影，訴說妳的故事。神奇的是，在開始書寫的那個當下，我竟感覺到，我的靈魂第一次真正地與我合而為一。

「若你肉身的最後一段旅途，是我此趟旅程中的唯一風景。那麼，這便是我最荒涼的，旅途中手記。」這是我寫下的第一段話。

我在萬籟俱寂的深夜偶爾默默流淚，妳模糊的身影陪我度過無數個寫字的夜晚。時光不斷推移，二〇二〇這個年剩下一個月，我想，我還在同一條路上。

在這條路上，我得到了很多的愛。不管是在人生旅途中，或是在創作路上。

在路上，我也曾以為生命僅是不斷失去，以為前方視線所及之處皆是一片荒涼。但是，當我將那些不斷敲擊我的心的文字拿出來並寫下後，我才發現，過去我眼中所看見的荒涼，其實並不是荒涼。我想，那是因為我心底的文字一直在替我承受悲傷，也替我撫平疼痛。

在寫著荒涼手記的日子裡，我也曾遇見許多與我經歷著相似旅程的人們。然而，即使我們在對視之時，確實看見了彼此身後的路途與背負的行囊，但在錯身的時候，也僅能為對方送上一個微笑。

只能給予一個微笑，是因為明白那是怎麼樣的一段路途，所以更加無語。我們不再能以言語安慰對方，但是，我們卻能在文字裡感覺貼近，感覺自己並不孤單。

也因為這一切讓我明白了，不管是書寫者，還是閱讀者，愛著文字活著的人們，文字也會以某種神祕的方式堅強地支撐著我們。

如此想來，我的每一個年，都會很好。生命中所有的痛與孤獨，最後必定都會化成一片光芒閃爍的文字風景，而在那片風景之中，有你，有我，還有一切的豐美與荒涼。

豐美與荒涼交織，生命如此流轉。伸出手，用指尖觸碰傾瀉在黃昏中的金黃。你要知道，最燦爛的日落與破曉，都連接著最漆黑的夜。而最荒涼的大地，有最美的星空。

沒有缺憾的人生，該如何感覺圓滿？生命有痛，才有光。

她帶我走上的旅途還未到盡頭，而我想，不管我們最後將抵達何方，我們，都會很好。只要有光，只要還看得見光，每一個年，都會很好。

後記

很遠很遠的地方

奶奶坐在輪椅上，我推著她在長照中心二樓的走廊上繞了一圈又一圈。

二月中旬，牆外的稻田已翻土，農人們準備迎接新一期耕種的開始。母親說，三月初後，田就都會佈好了。「佈田」，也就是插秧，插秧後大地風景將由原本的一片蕭索轉為波光嫩綠，而滋潤大地的雨水將與春天一同到來，第一道春雷也將驚醒泥土中歷經漫長沉睡的飛蟲走獸。萬物復甦，自然世界中的一切再一次周而復始。

春天即將在不遠的未來中抵達，一年又這樣過去了，我摸摸奶奶的肩膀，發現她還穿著厚厚的羽絨外套，我一邊推著她一邊想著，周而復始的始終都是牆外的世界，對牆內的人們來說，他們感知的時間是以極不規則的方式在流動，而且每個人都擁有自己專屬的版本。就像我的奶奶，她總是過冬，經常過年，有時則回到我不曾經歷過的，極為遙遠的過去。

「隔壁的水仙閣有蹛佇遮無？（隔壁的水仙還有住在這嗎？）」阿嬤這樣問我。我知道她是在問那一棟早已無人居住的三合院，那是她剛出嫁時，阿公的祖厝。「無啊，逐家攏搬走啊。你嘛無蹛佇遐啊，你後來搬去五十戶嘍！」她睜著眼睛看著我，一陣無語後又再一次問我：「隔壁的水仙閣有蹛佇遮無？」

我知道她的靈魂又回到我還未出生的過去。像這樣，在這一趟我們一起走上的旅途中，她偶爾會將我丟下。

然而，被丟下也沒關係。因為我知道，不管她去了多麼遙遠的地方，她總是會再回來的。

「阿嬤！」我叫了她，她再一次看了看我，開口說：「這陣才轉來哦。」

我一點也不害怕，因為只要我呼喚她，她總會再一次認出我，再一次對我笑。只要我不斷地呼喚她，她就會回來。

今天的阿嬤有點安靜，跟她說話也不太理人，我時不時就移動自己推輪椅的手，順一順奶奶那因臥床而凌亂的短髮。我想，這些日子以來，我也改變了許多。過去那個不擅於表現親暱的孩子，從來就不知道，原來自己奶奶的髮絲是那麼樣地柔軟，雙手是那麼樣地溫熱。我也從來就不知道，原來自己那麼愛哭，也那麼能哭。當然，我更加不知道，原來，自己是可以這樣地愛著一個人的。

這些日子以來，我明白了在我心底的這份「愛」，它並不是一種單純美好的東西。這份愛，是明知道妳不舒服卻無可作為的無奈，是必須捨得卻捨不得的苦苦掙扎，是想哭卻必須笑的勉強自己……這份愛存有那麼多現實中的殘酷，這趟我們一起走上的旅途實際上充滿了艱辛與疼痛。這樣的愛與我想像中的溫柔美好截然不同。

阿嬤，我果然還是個孩子吧。

過去，看見妳那日漸緩慢的腳步時，我只感覺難過，但是，現在我卻第一次感覺慶幸。幸好妳的腳步是那麼樣地緩慢，所以，我因此有了那麼多時間可以在妳身邊不斷學習也不斷練習。

謝謝妳讓我的靈魂得以在怯弱與逃避中砥礪而變得更加強壯；謝謝妳不管是過去還是現在，都堅強地擔負起人生的職責，妳捨棄自己的姓，撐起一個家，妳養育、教導子孫，讓大家都長大成人。我會永遠記得妳為了深夜肚子痛的我，挨家挨戶地敲門，只為了替我要到一顆腸胃藥。小時候妳是保護我的阿嬤，長大後妳是我最想念的家鄉，妳是我永遠的生命導師。

我的生命旅途還未到終點，但我知道，對於終點，我已沒有什麼需要擔心害怕的了。我多麼慶幸能與妳一起經歷這一趟旅行，是妳用妳的一生讓我明白，「荒涼」，也是一種風景。

謝謝妳帶給我一次全世界最漫長的告別。

我推著妳的輪椅，走過一圈又一圈。

如果旅途中的每一個故事，都要有個後記，那麼，我願我的後記永遠都是：

「我們的旅程還在繼續。就這樣，我一直推著妳，我們要一起走到很遠、很遠，很遠的地方去。」

文字森林
READING FOREST
文字森林系列 020

荒涼手記

作　　者　黃斐柔
總 編 輯　何玉美
責任編輯　陳如翎
書籍設計　鄭婷之
封面插畫　廖婕安
內頁排版　theBAND・變設計— Ada

出版發行　采實文化事業股份有限公司
行銷企劃　陳佩宜・黃于庭・馮羿勳・蔡雨庭・陳豫萱
業務發行　張世明・林踏欣・林坤蓉・王貞玉・張惠屏
國際版權　王俐雯・林冠妤
印務採購　曾玉霞
會計行政　王雅蕙・李韶婉・簡佩鈺
法律顧問　第一國際法律事務所　余淑杏律師
電子信箱　acme@acmebook.com.tw
采實官網　http://www.acmebook.com.tw
采實臉書　http://www.facebook.com/acmebook01

I S B N　978-986-507-297-1
定　　價　350 元
初版一刷　2021 年 4 月
劃撥帳號　50148859
劃撥戶名　采實文化事業股份有限公司
104 台北市中山區南京東路二段 95 號 9 樓
電話：(02)2511-9798　傳真：(02)2571-3298

國家圖書館出版品預行編目資料

荒涼手記 / 黃斐柔著 . -- 初版 . – 台北市 :
采實文化事業股份有限公司 , 2021.04
面； 公分 . -- (文字森林系列 ; 20)
ISBN 978-986-507-297-1(平裝)

863.55　　110002586

采實出版集團
ACME PUBLISHING GROUP

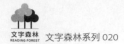

文字森林
READING FOREST

文字森林
READING FOREST